文字烛照未来

TopBook

TopBook
饕书客

五重塔

[日] 幸田露伴

日本文坛『红露时代』开创者、近代文豪、汉学家幸田露伴惊心动魄之作

明治时代理想主义文学代表
近百年经久不衰的经典
传统与反传统的思考
理性与感性的较量

唐楠 译

陕西新华出版传媒集团
陕西人民出版社

图书在版编目(CIP)数据

五重塔 / (日) 幸田露伴著; 唐楠译. —西安: 陕西人民出版社, 2022. 8

ISBN 978-7-224-14511-3

Ⅰ. ①五… Ⅱ. ①幸… ②唐… Ⅲ. ①长篇小说—日作—现代 Ⅳ. ①I313. 45

中国版本图书馆 CIP 数据核字(2022)第 054241 号

出 品 人:赵小峰
总 策 划:刘景巍
出版统筹:关 宁 韩 琳
策划编辑:晏 藜 武晓雨
责任编辑:王 倩 张启阳
整体设计:哲 峰

TopBook 磐书客

五重塔

作　　者　[日]幸田露伴
译　　者　唐 楠
出版发行　陕西新华出版传媒集团　陕西人民出版社
　　　　　(西安市北大街 147 号　邮编:710003)
印　　刷　西安市建明工贸有限责任公司
开　　本　787 毫米×1092 毫米　32 开
印　　张　4. 125
字　　数　90 千字
版　　次　2022 年 8 月第 1 版
印　　次　2022 年 8 月第 1 次印刷
书　　号　ISBN　978-7-224-14511-3
定　　价　25. 00 元

江户男儿的浪漫情怀

（代前言）

《五重塔》是日本近代文豪幸田露伴创作的中篇小说，从1891年11月到1892年4月连载于《国会新闻》，1927年7月由岩波书店刊行首版文库本，自此之后多次再版，受到广大读者的喜爱，被盛赞为“天才露伴”最杰出的代表作。而露伴能够以日本浪漫主义和“拟古典主义”代表作家的身份被载入日本近代文学史，他的这一部描绘日本匠人精神的小说代表作是功不可没的。

幸田露伴1867年出生于东京一个没落武士家庭，第二年就是日本近代史上重要的转折点——明治维新。露伴曾进入东京英文学校学习，但是比起枯燥死板的专门学校教育，他更热衷于在图书馆看书自学，青少年时期就阅读了大量古籍和佛经，有深厚的汉学功底。之后，露伴迫于生计进入通讯技校学习，毕业后分配到北海道地区工作。但是出于对文学创作的热爱，他最终辞去工作返回东京，1890年迁居谷中天王寺町，正式成为一名专职作家。在创作这部传世之作《五重塔》的时候，幸田露伴只有二十几岁，这段时间也是他发表文学作品最多、创作意志最旺盛的时期。在这部作品中，幸田露伴通过塑造木匠十兵卫、工头源太等充满男性魅力的角色，描绘了江户男儿敬业、精益、专注、创新的“工匠精神”。正如大家公认的那样，这部小说鲜明地展现了他的理想主义和浪漫主义精神，也是作者“人定胜天”理念的完美体现。

实际上，这部作品的名称“五重塔”并非指书中特定的那座佛塔，而是日本的木工匠人在学习唐朝宝塔建造方式的基础上，加入纤细优美的日式建筑风格所创造出的建筑形式。这种建筑形式被日本的寺院广泛采用，现存的有奈良法隆寺五重塔、琉璃光寺五重塔与京都醍醐寺五重塔等等。露伴在《五重塔》中描绘的是谷中感应寺五重塔的修造过程。感应寺在现实中的原型是位于日本东京台东区谷中的天王寺，在宽永年间（1624—1643）由江户幕府第三代将军德川家光捐资修建，并于正保元年（1644）开工修造五重塔。安永元年（1772）五重塔失火被烧毁，天明五年（1785）又进行了重建，宽政元年（1789）再一次被大火烧毁，两年后再次重建。明治元年（1868）戊辰之役的时候，天王寺的主体建筑基本毁于战祸之中，被保存下来的仅有正殿和五重塔。在创作《五重塔》

的时候，幸田露伴正寓居在天王寺的遗迹附近，每天一边抬头凝望着遗世独立的宝塔，一边听附近的居民传颂着江户名匠八田清兵卫修建这座五重塔的时候发生的种种神迹。遗憾的是，天王寺的五重塔在幸田露伴过世十多年之后，于 1957 年 7 月 6 日的清晨彻底被毁，如今已经无缘得见小说中五重塔的原型了。

说到这里，就不得不提一下江户城的火患。由于江户城中的日式房屋大多数是木质结构，辅以纸、稻草等易燃物搭建而成，加上街道狭窄、房屋排列紧密，一旦被明火点燃，火势会迅速蔓延开来。据记载，从 1601 年到 1867 年间，江户总共发生了 49 场大火，小规模的火灾更是多达 1798 次。每隔十年左右，城中就会发生一次大规模的火灾，每逢天干物燥的秋冬时节，江户人往往格外小心。有句俗语说“江户人的财产一夜之间就没了”，形容的正是江户居民在经历火灾之后，一切财物化为乌有的惨状。也正因此，江户城内的消防员、盖房子的木匠和泥瓦匠等都是非常热门的职业。

而书中的两位男主人公十兵卫和源太，正是两位技艺高超的木匠。在对这两个人物形象的塑造上，可以明显看到幸田露伴所秉持的“男子汉文学”的写作特征——两人都是重情重义的江户男儿，也是充满男子气概的成功匠人，同时又是一项关注度极高的工程项目的竞争对手。时势造英雄，在这两个技术同样精湛的木匠中间，注定只有一个人能够一战成名。露伴在描述两人来往交锋的过程中，既没有口蜜腹剑的阴险狡诈，也没有暗箱操作的挑拨离间，两位主人公明明白白地磋商，坦坦荡荡地竞争。并且，除了两个主人公之外，整部作品中的出场人物几乎也都是行事作风光明磊落的大丈夫，《五重塔》可以称得上是一部展示了江户热血男儿众生相的佳作。

然而，这些看似粗线条的江户男性角色，心中却怀有一股英雄主义的浪漫情怀。细细品味这部小说，我们会发现两名主人公看似是在用尽全力去把握这一次留名青史的机会，但是他们最核心的驱动力却并非追逐功名利禄，而是为了向后世彰显自己卓越的工艺技术水平。由此看来，高耸的五重塔实际上是匠人的个人理想和自身价值的化身，那么主人公十兵卫最后选择与五重塔共存亡的疯狂行为也就顺理成章了。露伴用带有江户市井风情的语言和描写，为读者眼中五大三粗的木匠工头们赋予了几分埋藏于心底的坚贞——对于自己赖以生存的手艺和技术，表面上谦虚礼让的态度背后有难以割舍的自我坚持，洒脱粗犷的外表下面藏着敏感又纤细的自尊心。

5

前文提到过，幸田露伴是日本浪漫主义文学的代表作家，而 20 世纪初期文坛的浪漫主义本身强调的就是个人至上，肯定和尊重个性的存在，倡导将个人从封建的体制和道德中解放出来，追求个人价值的实现和思想上的自由。它超越了实用主义、功利主义、合理主义对物质性和现实性的依赖，更多地从主观上去关照人的自我属性，与传统日本社会的价值观产生了诸多的矛盾和冲突。《五重塔》中的源太所代表的就是传统价值观在普通人身上的投射——人情练达，举止得体，重视礼义廉耻和身份尊卑，尽管心怀大义却总是被世俗的评价标准左右，最终难以把持自己的初心。而十兵卫就是一个典型的反传统的代表人物，他不修边幅，时常沉浸在自我的世界中，对外界的刺激表现得异常迟钝，但是却能够从环境中超脱出来，不计成本、摒除私欲地坚守一个匠人的职业操守。从这一点来看，源太“可爱”却不可敬，十兵卫可敬却“不可爱”，两个人物站在现实与理想的两个极端，在作品中形成了一种无比生动而难以调和的对立关系。由此可见，露伴在对人物形象的塑造方面功力颇深。

阅读和翻译《五重塔》的过程，也是对江户时期日本庶民生活不断深入了解的过程。文中的人物对话诙谐幽默，充满了生活的乐趣；人物服饰和动作的描述细致可观；大量的心理描写丰富了人物形象，也让故事情节更加丰满。幸田露伴的《五重塔》为今天的读者提供了一个了解江户时期日本老百姓日常生活的窗口，透过露伴的文字，我们得以观赏到一个传统与现实碰撞、东西文化交融的精彩故事。

最后，本次的翻译和校订参考了文洁若老师《五重塔》的翻译版本，谨此向前辈翻译者的辛勤工作致以崇高的敬意。

唐　楠

2022 年 1 月于西安

五重塔

3

一

屋里摆着一个长方形的榉木大火盆，木纹极其精美，口沿上还特意镶嵌了一圈红栎木，仿照的是岩石上天然的纹理。一个三十来岁的妇人独自坐在火盆边，她此刻愁眉不展，神情落寞。房间里空荡荡的，连个和她说话解闷的人也没有。她的眉形如男子一般潇洒俊逸，剃眉[1]之后眉毛刚刚长出来不久的淡青色痕迹，恰似雨后山林的苍松翠柏，还笼罩着一层氤氲的水汽，透出一股淡雅的韵味。她的鼻梁高挺，眼角微微上挑。丝丝分明的头发盘成一个发髻，用一根和纸带束起来[2]，

①日本已婚妇女通常会剃掉眉毛，这个风俗相传来源于唐朝，明治以后逐渐废绝。

②江户时期的平民女子常用和纸撕成宽纸带，用来束发。

上面随意地插着一根簪子。女人全身上下没有半点儿刻意打扮过的痕迹,她肤色略深,有一头让人嫉妒的黑亮秀发,有一两绺发丝散乱下来,落在她充满女性魅力的脸庞上。就算是那些一向偏爱年轻姑娘的男人,也不得不赞叹她成熟的风韵,就更不要说那些好色之徒了,常常明里暗里对她品头论足:

“这要是俺老婆,真得多做几件好看的衣服给她打扮起来哩。”

不过阿吉自己却不爱打扮。尽管生得一副娇媚的容貌,她却是一个洁身自好、举止端庄的妇人。此时此刻,她全身上下看不到一丁点儿艳丽的色彩——穿着一件花纹素雅的夹棉袍子,搭配一条缎子领衬,外面披着一件早已经过时的宽条纹丝织外褂,不过应该洗过很多次了,显得有些陈旧。

这会儿,整个房子里只能听见女佣在厨房洗碗的声音,阿吉一个人安安静静地坐着,就再没有别人了。她百无聊赖地用舌头把玩着牙签,一口把牙签咬断,又呸的一声吐了出来。过了一会儿,她又用火盆里的炉铲子将炭灰铺平整,重新把炭火埋好,又从小笸箩里拿出一小块抹布,擦拭着像银子一样亮闪闪的高脚火撑子,连铜壶的盖子也擦得干干净净,最后端端正正地将一只南部霰纹[1]的大铁壶放在火盆上。做完了这些之后,她右手拿起玳瑁烟管,从旁边勾过来一只做工精美的拼木工艺烟盒——大概是谁去参拜箱根石尊[2]的时候给她带回来的小纪念品——填上烟丝,舒舒服服地吸了一管烟。从她嘴里缓缓地吐出来的烟雾,就像蚊香点着之后冒出的烟一样纤细连绵。

她情不自禁地停下吸烟,深深叹了口气,心说:这件事,最后多半儿还得交给我家男人去办。不过那个呆瓜也真是可恶,这就把去年给他活儿干的恩情忘得一干二净了?还好意思一个劲儿地巴结朗圆大师,也不看看自己是什么身份,就想要独揽这么个好差事!听清吉说,就算大师真想给这个呆瓜走后门,也过不了给寺院布施的香客和捐赠人这一关,最后工程还得交给我们家来干。不过万一大师偷偷允许这呆瓜去办差,他一个呆头呆脑的无能之辈又会干些什么呢?况且他手底下也没有得力的工人,明眼人一看就知道这肯定是不成的。真希望我家那口子赶紧应承下这个难得的好差事,高高兴兴地领命回家来。他之前对这个工程可是势在必得,无论如何

①南部铁器是日本岩手县特产,创始于17世纪中期,出产地当时是南部家的管辖地区,故得名。霰纹是指铁器表面的凹凸斑点,因状似雪粒而得名。

②箱根附近的大山寺中供奉着石尊,是江户时代的祈雨圣地。

都想拿下来，不为别的，就是想听别人夸他：

“谷中感应寺的五重塔是川越的源太郎修的呀，瞧瞧，真是气派。”

要是听到这样的称赞，他肯定觉得脸上有光，干劲十足。这差事要是让别人给抢了去，以他那个脾气，那该多气恼啊，肯定会大发雷霆。等到那时候，我也没有什么方法能安慰他了。哎呀，无论如何，希望他早点儿回来吧。我这个做妻子的也是脸皮薄，有些话总是说不出口。今天早上送他出门，我从背后为他披上那件亲手缝制的和服的时候，就应该好好地鼓励他一下。

她正在自责，外面的粗格子大门一下子被人拉开了。

“师娘，我师傅呢？到感应寺去了啊。那只能求师娘了，我昨天一不小心喝酒喝多了……”

清吉没有再说下去，只是难为情地对她做了个怪里怪气的手势。

阿吉微笑着皱起了眉头，一边说着：

“真拿你没办法呀，以后可得长点儿心。”

一边起身递给他一些钱。

清吉接过了钱，又在门口与人争执了好一阵子，这才回到她这里来，用拳头抵着前额，笨拙地向她鞠了个躬，样子甚是滑稽：

“实在对不住,谢谢了。”

二

她嘴里一边说着“别处没有生火,你就来这边坐吧”,一边提起厚重的大铁壶,温柔体贴地为他倒了一碗樱花茶。她待客亲切周到,那份善意是发自内心的,比起嘴上说的那些漂亮话,她踏踏实实的态度更让人感到如沐春风。阿吉刚刚爽快地替清吉付了账,现在仍像平时一样热情地款待他,这反而让清吉觉得有些不好意思,扭扭捏捏的浑身不自在起来。刚想要伸手去接茶碗,又犹豫着没有动。连着对她行了两个大礼,郑重地道过歉之后,他才接过茶碗一饮而尽,润了润干渴的喉咙。

“到现在才回来,看来人家对你非常中意呀。嘻嘻,出去玩玩也没什么不好,但是无故旷工,你妈肯定为你担心,这就不是一个男子汉该做的事情了。清吉呀,前一段时间你刚干完仲町甲信屋大宅的工作,不是马上就派你去盖根岸别墅的茶室了嘛。我家那口子也是个爱玩儿的,没事的时候还会带头领着你们一起去寻欢作乐,对不对?不过他最不能容忍的就是因为贪玩而怠慢了工作。如果他现在看到你这个样子,一定又会气得火冒三丈了。趁着现在时候还不晚,你赶紧想个托词,就说你妈又犯病了,或者用个别的什么理由,赶紧收拾收拾,去根岸上工吧。五三师傅也是一个明白人,只要你没有旷工一整天,他也会在我男人面前替你说好话的。哎呀对了,你还没吃早饭吧?阿三,给他做点儿饭!要是没有汤豆腐和蛤蜊味噌汤,做点儿酱菜和煮豆子什么的给他下饭也行。吃个两三碗,赶紧去干活!嘻嘻,要是犯困了就想想昨天晚上的风流快活,也就不觉得累了吧?拿出点儿力气来,好好干活吧,别偷懒!晚饭我让阿松给你们送过去。"

被阿吉不着痕迹地教训了一番,老实巴交的清吉已经浑身冒汗了,他为自己不检点的行为惭愧不已:

"师娘,给您添麻烦了,我马上就去上工。"

粗手笨脚的清吉用紧紧攥在手里的手巾擦着前额的汗,说话的工夫已经往嘴里倒了五六碗茶泡饭。他深鞠了一个躬,说了一句"那我去了!"把烟管取下来别在腰间,三尺带[①]上还挂着一个壶屋纸[②]的烟草包。清吉是个急性子的江户儿郎,脚上趿拉上草屐[③]就急急地往门外走。

这时候,一直没出声的女主人突然叫住了他,口气有些焦躁:

"你这两三天没看见那个呆瓜?"

---

①江户时期的工匠用三尺长的布腰带束腰。

②日本伊势地区生产的油纸。

③草屐一般是工匠、平民所穿的便鞋。

9

清吉回过头答道：

“看见了看见了！就在昨天，那个呆瓜一个人在御殿坂[1]那里磨磨蹭蹭地往前走，像个死鸡一样耷拉着脑袋。他竟然敢和咱们对着干，真是不知天高地厚！放心吧，他肯定不会得逞的。不过这个呆瓜坏了师傅和师娘的心情，真是让我恨得牙根都痒痒，就冲着他叫了一声：‘喂！呆瓜。’没想到他竟然完全没有反应。我又在他耳朵边大喊了两声：‘死呆子！呆瓜！’他才吓了一跳，用一双死鱼眼盯着我看，像说梦话似的回答：‘啊，这不是清吉小……哥……嘛。’我说：‘哟，你真是个厉害人物，痴心妄想要登天哩！听说你为了盖那个高得能上天的玩意儿，还在拼命地巴结感应寺的朗圆大师？做你的春秋大梦去吧！’听我这么半开玩笑半认真地嘲讽他，哈哈哈，师娘，你猜他怎么说？那个呆瓜真是蠢透了，居然说：‘我的确是拼了命去讨好大师，可是和我竞争的是源太师傅呀。无论我怎么央求都无济于事。要是师傅能主动对我说，呆瓜，这活儿你来试试看怎么样？然后让给我来做，那就好了。’简直就是痴人说梦！哈哈哈！现在想起来，他那副一本正经胡说八道的样子，真是笑死人了！我的气也消了，骂了他一句蠢货就走了。”

---

①江户地名。

“就说了这些?”

“对呀。”

“时候也不早了,没事了,你快去吧!”

“好咧! 那我走了。”清吉说罢就离开去工作了。

她一个人琢磨着心事,门外一群天真无邪的孩子们正在玩陀螺,喧闹声不时传到她的耳朵里:

“死了一个!”

“又死了一个!”

“活该!”

“报仇雪恨啦!”

仔细想想,当今的世道,成年人之间不也是这样争得你死我活吗?

三

这世上偏偏有那么一些有钱的人呐,到了十月秋冬之交,喏,就是现在这个时候,根本不用去担心冬天有没有御寒的衣服。什么茧绸呀,丝绸呀,喜欢穿什么就穿什么,他们哪里知道穷人面对寒冷天气的时候,真叫一个无可奈何。一会儿开地炉[1],一会儿又要尝新茶[2],为了弄这些劳什子还得麻利地建造茶室,还要把客厅的房檐修葺好。有钱人嘛,总得要享受一把半夜喝着茶、听着凄风冷雨打在窗户上的奢侈,要不然绝不会善罢甘休。等到接下来严冬一到,天寒地冻的,连寺院的钟声都要被冻住了,生活也确实无趣得很。

不过呀,看看那些木工们,刨木头削地板的时候,手冻得生了疮;修房檐挂瓦片的时候,前胸后背都着了风。他们的前世是造了什么孽,这辈子要在别人舒舒服服地准备过冬的时候遭这份儿罪?偏偏在这些工人里面,就有我那个不通人情世故的丈夫。他是个本分的人,手艺也好,这些年源太师傅一直对他关照有加,还夸他的活儿干得漂亮。可惜他为人太忠厚老实了些,不争不抢的,好活儿净让别人干了去。一年到头力气倒是下了不少,日子却越过越寒酸,我现在真是什么指望都没有了。总让我家那男人穿着膝盖磨破了又补起来的细筒裤[3]去上工,连我这个做老婆的在人前也抬不起头来。家贫万事哀,现在我正在给儿子猪之缝的这件棉袍,条纹的布面已经洗褪了色,无论怎么用心缝补,也没法掩饰显眼的针脚。刚

①阴历十月打开地炉取暖。

②打开新茶的茶罐子,并举办饮茶会。开地炉和尝新茶都是江户时期的风俗。

③与传统的宽松和服裙裤不同,细筒裤是工匠所穿的工作服。

才年幼无知的儿子跑过来问我：

“妈妈这件衣服是谁的呀？这么小，是我的衣服吗？”

说完又高高兴兴地跑到外面玩去了。今天的天气出奇得暖和，他拿着小竹竿想抓住到处飞的红蜻蜓，也不知道现在跑到哪里去了。唉，越想这些，就越没心情做针线活。我家男人的为人处世要是能赶上他手艺的一半，我们也不至于穷困潦倒到这个地步。俗话说：诸葛亮住茅庐——怀才不遇，也不知道他哪天才能有机会让大家见识一下他的真本事。现在他每天只能干那些凿木头、削板子之类的粗笨木工活儿，还被大家取了一个“呆瓜”的绰号，同行都瞧不起他。唉，我都替他难受，可是他本人却是一副毫不在意的样子，真让人气不打一处来。

这次也不知是怎的了，刚一听说感应寺要建一座五重塔，他就急急忙忙跑去，死活都想要包下这个工程。这可是他的恩人——源太师傅要干的工程呀！他这么不自量力，简直到了忘恩负义的地步，就算我是他的老婆，都觉得他太不知道天高地厚了，别人还说不定会怎么糟践他呢。师傅知道了肯定要气得大吼大叫：“那个混蛋呆瓜！”师娘阿吉也一定会恨死了这个不明事理的蠢东西。

他今天一大早就出门去感业寺了，到现在还没回来呢。这次我还真不希望我家男人讨到这份工作，于情于理寺庙里的朗圆大师都应该把这个工作包给师傅去做。不过……如果师傅大人有大量，不和我家男人一般见识，能开个恩把这个差事让给他，让他有个扬眉吐气的机会，那就真是太好了！但是话说回来，要是我家那口子真的去干了，那可要把师傅和阿吉给得罪了……啊，真是越想越头疼！让我男人知道了，肯定又要埋怨我：

“你一个女人家的，天天瞎操心，身体能好了才怪呢。”

不想了不想了，啊，头真是疼呀。

阿浪扔下手里正在缝着的衣服，紧皱着眉头，双手按住贴在太阳穴上的止疼膏药。她年龄大概有二十五六岁，虽然五官还算端正，但是皮肤粗糙，脸色苍白，看上去有些营养不良。再加上她破旧的衣着和披散的头发，更显得可怜兮兮的。正在她自言自语唉声叹气的时候，哗啦一声，厨房的破拉门被拉开了，吓了她一跳。儿子猪之冲着她说：

“妈妈，快来看！”

“你怎么跑那儿去了？”

她边说边起身走过去，只见一座用四分和六分厚的薄木片建起来的小小的五重塔赫然出现在眼前，是猪之刚刚动手搭起来的。做母亲的阿浪眼泪一下子就掉了下来，她一把把猪之抱在怀里，声音不住地颤抖：“真是个好孩子，好孩子！”

四

由当时久负盛名的木工匠人——川越的源太师傅负责修建的谷中感应寺,真可以说是尽善尽美。五十个榻榻米[①]大的正殿,木格子天棚,比大桥还要长的回廊,若干个偏殿,僧人的起居室、茶室,小和尚们的宿舍,厨房,浴室,大门的玄关……每个部分都尽显寺院的庄严,而且非常坚固。风格或是清净,或是闲寂,都与建筑本身的功能相得益彰,真是无可挑剔。要问是谁的功德,将一座原本破败不堪的小庙改建成了这样气派的大寺院?此人正是远近闻名的得道高僧——宇陀的朗圆上人。说起他的名字,连不懂事的三岁孩子都要双手合十拜上一拜呢。朗圆大师是一位七十多岁的老和尚,早年在身延山[②]研习佛法,苦读教义经典,之后又修行游历了全日本六十多个州,能够静观三行[③]磨砺心智,传四悉檀[④]普度众生。他向来不食世俗的荤腥,清瘦矍铄身姿如鹤;厌倦人世的纷繁,双眼半闭似醒非醒;洞悉天地之常理,不为个人的欲念煎熬;了解涅槃的真谛,不让内心的净土蒙尘。他也未曾想

---

①一张榻榻米的尺寸为 90 厘米×180 厘米,1.62 平方米。

②位于日本山梨县,日本佛教著名寺院久远寺的所在地。

③佛学用语,意为福行、罪行、不动行三种业。

④是佛说法的四种范畴,也是佛度生灵的四种方法。

过要兴建庙宇伽蓝，奈何仰慕他高尚德行的信众越来越多，原有的房屋已经不够居住。看到来求教朝圣的弟子只能风餐露宿，朗圆大师自言自语地说：

“要是地方能再宽敞一点就好了。”

“德高望重的朗圆上人要将寺院翻修扩建一下”，这个消息很快就传到了四面八方。一些聪明的弟子已经开始四处奔走，为重修感应寺募集善款；还有的信徒向富商豪绅们颂扬大师的德行，怂恿他们慷慨解囊。平日里仰慕朗圆大师的信众原本就数不胜数，上到贵族诸侯，下到平民百姓，人们争先恐后地捐出钱财，都想为自己多积功德，以求后世的安乐。富人捐黄金白银，穷人捐一二百铜钱，大家各尽所能，善款源源不断，很快就汇聚成一笔数目惊人的巨款。信众们又各显神通，僧人们各司其职，把寺庙重建的工作料理得妥妥当当，成就了一件功德圆满的善举。

待到寺庙建成，一切就绪，管事的为右卫门把重建花费的钱款加起来算了一笔总账，事无巨细地将所有的开支都算上以后，竟然还余下了一大笔钱。他们找来寺里的当家和尚元道，僧俗两方一起讨论剩下的这笔钱应该怎么办。买田产？信众捐赠的水田旱地都已经耕种不过来了，现在确实也没必要把这笔钱用在买地上面。不过一时也想不出其他的用途。元道心想，此时此刻如果大师在场，一定会用苍劲沙哑的声音说一句:“你们自己看着办吧。”但是大师毕竟是大师,说不定他能有解决此事的良策,于是关于这笔钱如何处理,他还是诚惶诚恐地去请教了朗圆大师。

“那就建个塔吧。”

大师连头都没抬,隔着玳瑁边的眼镜,眼神只是微微闪烁了一下,就若无其事地继续读经书去了。

于是,修建佛塔的事情就这样定了下来。元道出面,让之前负责重建寺庙的源太拟一份预算书出来。呆瓜知不知道这件事呢?其实早在两个月之前,感应寺要修建五重塔的消息一传出来,他就跑到感应寺,想要拜见朗圆大师。

五

男人上身穿着一件又脏又旧的半缠[①]工作服,那件衣服被汗渍浸透了不知道多少回,又经风吹日晒、反复清洗过多次之后,已经看不出原本的深蓝色,连领子上的字迹都模糊了。他的下身穿了一条打着补丁的破旧细筒裤,头发上沾了一层白蒙蒙的灰尘,面庞被晒得黝黑,不修边幅的外表让原本就不怎么精神的五官显得毫无神采可言。他在感应寺门口来回踱步,正想要进去,看门的高声问了一句:

---

①日本匠人的传统服饰,一般在领子和背后印着工匠的名字或者商号名。

“谁啊?”

把他吓了一跳,定睛观望了一阵子,才俯下身子低声下气地说:

“小的是木工十兵卫,前来有一事相求。”

看门人见他说话含糊不清,觉得颇有些可疑,但是又一想,既然他说他是木工,那有可能是源太差遣他过来办事的,于是蛮横地说了一句:

“进去吧!”

十兵卫这才鼓足勇气,抬眼打量着四周,来到高耸的正门前,一连喊了好几声:

“请问,有人没有?”

“来了。”

一个穿着鼠灰色僧袍的小和尚一边答应着一边拉开了门,他头发剃光,只留下青色的头发茬,样子挺招人喜欢。小和尚每天迎来送往,什么样的人没见过?他只看了十兵卫一眼,就站起来面无表情地扔下一句:

“有事就走后门厨房那边。”连门口的台阶都没下。

说完砰的一声把门一关,周围很快又恢复了寂静。除了某棵树上的鸟叫声之外,什么声音也听不见了。

“这样啊。”

十兵卫喃喃自语着,绕到寺院的厨房外面。管事的为右卫门也是个势利眼，看他衣着寒酸，就用轻蔑的口气说：

“这位木匠师傅我怎么没见过啊。有何贵干？”

十兵卫全然没有察觉到他的不耐烦，低下头来诚恳地请求道：

“小的是木工十兵卫，想要求见朗圆大师，劳烦您帮我通报一声。”

为右卫门从上到下扫了一遍十兵卫，只见他满头污垢，草屐上的白色带子都已经成了脏兮兮的灰色，于是摆出一副管家的派头说：

“这可不成，大师不过问俗事。你有什么事，说来我听听，看看我能不能给你办。”

而这十兵卫却是个不通人情的倔强汉子，他直接回绝道：

“不了，谢谢您的好意。这件事只能当面向大师禀报，还是请您帮我通报一声吧。”

他心思单纯，说话直来直去，全然没有考虑到会惹恼对方。为右卫门见他完全不把自己放在眼里，难免有些恼怒，马上就暴露出了他的小人嘴脸，恶狠狠地嚷道：

“你这个人真是不懂事，大师怎么可能会见你这种小木匠？替你通报也没用！我是看你可怜才想要帮你，你这还蹬鼻子上脸了？快滚吧！滚开！”

说完转身就要走。十兵卫一时着了慌，才反驳了半句：

“话虽是这么说的……”

为右卫门就粗暴地打断了他：

“别吵了！烦人不烦人？”

说罢直接转身回到了屋里，留下十兵卫一个人呆呆地站在外面，怅然若失，像是丢了魂一样。过了半晌，他只能再次出声叫门，而偌大的寺院里清清冷冷的，好像一个人都没有，只能听到他自己说话的回声，除此之外连一声咳嗽都没有。他又绕回正门，刚才应门的小和尚只是把头探出来一下，说：

“不是说了让你去后面的厨房门吗？”

说罢又自顾自地将门砰的一声合上了。

十兵卫来来回回往返了好几次，在厨房和正门都吃了闭门羹。焦躁不安的他不再拘泥礼数，扯开嗓门用整个寺庙都能听到的声音喊道：

“求求你们了，开个门吧！”

为右卫门大骂了一句：

“这个混蛋！”

大步走出门来，吩咐下人道：

“你们几个，把这个疯汉子给我拖出去！寺院是清净的地方，大师平时最讨厌喧闹，这个疯子在这吵吵嚷嚷的，让大师听到了咱们又得挨骂。”

刚才还在厢房里躺着休息的仆役们赶紧跑出来，作势要把十兵卫轰出去。十兵卫一动不动坐在门口,周围的人有的说架胳膊,有的说抬腿,乱成一团。这时候,朗圆上人刚好路过。他身着木兰色的袈裟,刚刚从后花园里剪了鲜花,准备供奉在佛前。他左手拿着几枝女萝桔梗,右手拿着一把红柄的剪刀,在寺院里信步游走,恰巧就来到了后门这边。

六

“何事吵闹?”

大师一声诘问,众人鸦雀无声。仆役们抡起来的拳头无处可藏,刚才还在大吼大叫的几个人被这一声断喝吼得噎了回去,吓得大气不敢出;撸着袖子正准备上前的赶紧把袖子放下来,羞愧地躲到人群后面去了。为右卫门原本正耀武扬威地指挥着众人,一脸颐指气使的表情,气焰极其嚣张,这时候一见大师来了,他也明白自己是罪魁祸首,于是赶紧耷拉着脑袋,有些局促地搓着手,凑上前去把事情一五一十地向大师汇报了一番。大师听罢莞尔一笑,瘦削的脸上深如刀刻的皱纹又加深了几分。他慈眉善目,用妇人一样轻柔的声音说:

“这点儿事情,也犯不上在这里胡闹。为右卫门,你就老老实实帮他通报一下就好了嘛。这位就是木匠十兵卫师傅吗?请随老衲进来吧,真的是十分抱歉,多有得罪。”

受到万人尊敬和爱戴的人,对人总是格外用心——既不会轻视孤陋寡闻的人,也不会欺侮身份地位在自己之下的人。大师的态度亲切温和,他在前面引路,迂腐不通人情的十兵卫跟在他后面,也被他的慈悲之心感动,眼泪一直流个不停。他们走过湿润的泥土地,踩着布置精巧、颇具情趣的脚踏石,绕过梧桐树影下茂密幽深的竹林,通过一个并不高大的折门,走进了一个小小的院子。院子里面连一棵像样的花草也没有种,看上去一片空寂。干枯的松针散落在石灯笼上,外方内圆的青石洗手台里长着一块青苔,明艳的绿色不禁让人眼前一亮。

大师把鞋子脱在院子里,走上茶室的台阶后立即将拿在手中的鲜花插到悬挂在天花板上的花瓶中,回头招呼十兵卫说:

“请来这边。”

一路走过来,十兵卫的胆子也渐渐大了。像他这样不修边幅的人,是绝不会想要用手巾将脚上的土掸一掸再进屋的。他把草履脱下来,慢慢地走进只有三个榻榻米大小的茶室。屋里空间非常狭窄,他在大师对面坐了下来,几乎和大师脸贴着脸,默默地俯身行了一个礼。虽然姿势不甚娴熟,但是已经充分地表现出了他的真心实意。他几次想开口,又都把话咽了回去,最后终于张开嘴,舌头还是有点儿不听使唤地说:

“五重塔……我是为修五重塔的事儿来求您的。”

他磕磕巴巴地冒出一句话，声音不成调子，像是要把自己的心思一股脑儿地全部倾吐出来似的，前额和腋下的汗水也在不停地往外淌。

大师不由得笑了，慈祥地对他说：

“老衲有那么可怕吗？不要客气，有什么话请尽管说吧。我看到刚才师傅坐在敝寺门前一动也不动的样子，应该是经过了深思熟虑才过来的。既然如此，千万不要藏着掖着！也不用着急，就把老衲当作身边的朋友，想说什么就说吧。”

十兵卫的眼睛又大又圆，鼓得像一对铜铃，因此经常被人戏称为“死鱼眼”。此时，这对眼睛里已经蓄满了泪水，他再也无法抑制自己的心情，开始断断续续说了起来：

“好咧，好好……大师，真，真谢谢您！我鼓起勇气下定决心过来找您，就是为了修五重塔的事儿。您看，我就是这么一个不中用的人，人称呆瓜十兵卫。但是大师，说真的，我的活计做得可真不差！我确实傻，经常被人看不起，是个没出息的傻瓜。不过我不撒谎，大师您听我说，我的木工手艺好得很。大隅派的手艺打小就学，也会做后藤和立川派的工法。您就……求您把修五重塔的活儿交给我吧！我就是为这个来的。五六天之前，我听说川越的源太师傅已经做了预算书，从那天开始我就睡不着觉了。

“大师，修五重塔是百年不遇的大事，我十兵卫这一辈子能遇上,真是前世修来的福分。源太师傅对我有恩,我真的不想抢他的活儿干……哎呀,羡慕他这样脑子聪明的人,这种一辈子赶不上一回、一百年都遇不上一次的好活儿要是让他干了,就是死了也能留下个名儿了。啊啊,太羡慕了,太羡慕了!干木匠的,做过一次这样的活儿,才算没白来这世上走一遭!但是话说回来,我十兵卫只要拿起凿子和刨刀,无论是和源太师傅,还是和别的什么人比,我都不差!我的活儿向来干得细致,墨线画歪了之类的小差错,绝对要比别的师傅少得多。可是我人不机灵,运气也差,一年到头干的都是修长屋的木墙板呀、凿马厩的马槽沟子之类的杂活儿。都怪老天爷没把我生得聪明伶俐一些,我也只能认命,但是每次瞧见那些手艺不精的家伙竟然能接到建宫殿呀、修祠堂呀之类的好活儿,却弄出来一些让明眼人一看就觉得实在不像样儿的建筑来,我都觉得自己太不走运——这样的活儿要是让我干,肯定比他们强多了。

"大师呀,我真是不甘心!那些不学无术、只会投机钻营的家伙,简直让人恨之入骨。可是大师呀,对源太师傅我确实没话说。他人机灵,手艺又好,才能得到机会干这么好的工作。看看他,再看看我自己,真是觉得自惭形秽。听说他要盖五重塔的那天晚上,我伤心得连话都没和我老婆说,哭着就睡着了。到了半夜,我突然听到一个恐怖的声音对我说:你现在马上盖出一座五重塔来！吓得我一个激灵就跳了起来，半梦半醒地就把手伸进了工具箱摸索。等我完全清醒过来，才发现自己不知道什么时候已经从床上爬了起来，手指头已经被工具箱里的凿子戳得伤痕累累，却还是把工具箱死死地抱在胸前不放。我起来点上灯，觉得这一切都是白费，我已经什么也做不了了。

“我那时候的心情，您能明白吗？您能懂吗？要是人人都不懂得我当时的痛苦，那这座五重塔我不盖也罢。反正呆瓜十兵卫是个傻瓜，白白地死了也没啥了不起。但是我不想总像一根废锯条一样，活得一点儿尊严和价值都没有。打那天夜里开始，无论是在大太阳底下还是在连灯光都照不到的房间角落里，我都能看见一座用白木造的五重塔，高高地立着，真的，我不骗您！我抬头看着看着，渐渐地就想，要是我自己来修这么一座高塔该有多好。尽管我也知道这是痴心妄想，不过这几天工作一结束，我马上就开始动手，每天都熬到半夜，到昨天晚上终于做出来一个五十分之一大小的五重塔模型。大师，虽然是个不情之请，但是请您一定要看一看，可以吗？好不好？

“如果没有人委托，那这件让我朝思暮想的活儿肯定轮不上我干。我的命实在是太苦了，没有什么能比这求而不得的遗憾更让我懊恼了！我家的婆娘摇晃着我做的模型说：

‘真要是没有那个手艺，你也就不会总是感慨自己命不好啦。’我听了她的话，觉得确实有些道理，不过心里反而更憋屈了。大师，求您发发慈悲吧！这次修五重塔的活儿就交给我十兵卫来干吧！真的求您了！”

他双手叠放在额头前，朝着大师深深地跪拜下去。豆大的眼泪噼里啪啦地掉在草席上，打得积在上面的些微灰尘都飞溅了起来。

七

大师像一尊泥塑的罗汉，静静地坐着不动，只有一双手在不停地捻着一串菩提子念珠。他耐心听着十兵卫向他倾诉心中所想，尽管后者说得前言不搭后语，他也一句不落地认真听完了。

听完后大师连忙将匍匐在地叩拜的十兵卫扶了起来，说：

“老衲明白了，你的意思我全都懂了。你是个有远大志向的人，精神可嘉，真该让我的徒弟们都向你学习。听你说得这么情真意切，老衲我也忍不住要落泪了。你说你做了一个五十分之一大小的模型？那我一定得去看一看！不过，佩服归佩服，当下我也不能擅自把修五重塔的工作委托给你，希望你能理解。这个工程最后由谁来承包，并不是由我说了算，要由感应寺内部商议之后做最终的决定。正好今天没有什么事情，现在就去看看你做的模型吧。请带老衲去你的家里走一趟，如何？”

大师是个洞悉事理的得道高僧，他说的话句句在理，没有一句敷衍。十兵卫听他这么一说，马上高兴得合不拢嘴，像捣蒜似的一个劲儿地点着头，嘴里“是是是”地答应着。

“您愿意赏脸看一看我做的模型？太好了，太感谢啦！不过您大驾光临寒舍，那实在是不敢当！这事儿可不成。您稍等，小的我回去给您把模型搬到这里来！告辞了！”

十兵卫嘴里这么说着，已经乐得发了狂。他此时一反常态，哪里还能看出平时迟钝呆傻的样子？只见他站起来夸张地鞠了一躬，麻利地踩着脚踏石从寺院里狂奔出来，赶紧跑回了家。到家之后看见他老婆，连个招呼都来不及打，直接抱着模型又出了门，还雇了一个脚夫帮忙，两人一路小跑，气喘吁吁地抬着五重塔的模型送到感应寺，放在了大师的面前。十兵卫这才松了一口气，千恩万谢地离开了。

朗圆大师上上下下仔细端详着模型，从第一重到第五重，无论是屋檐的坡度、塔身的高度，还是椽木的分布排列，比例都非常协调。就连相轮[①]上的九轮、受花、露盘和宝珠，造型都非常雅致。着实让人无法相信，如此一件精工细作、技艺超

①相轮是五重塔五层屋檐上金属构件的总称，从上到下依次是宝珠（塔顶）、龙车、水烟、九轮、受花、伏钵、露盘（地面）。

群的作品竟然会出自一个看上去邋里邋遢的男人之手。大师也不禁暗自感慨：

世间真的有如此身怀绝技却不为人知的工匠！他苦苦求道，却没有施展才华的机会，只能一直被埋没，默默无闻地度过一生。他的手艺如此精湛，连旁人看了他的作品都要为他感到惋惜，更何况他自己呢？如果有机会，真想让他扬名立万，展示他深藏已久的才华，让他能够得偿所愿！尽管从根本上来说，人与草木并无区别，一切机缘都是过眼云烟，世间万物也都会有衰败腐朽的一天，不过，十兵卫这个男人却将做木工视作如他生命一般重要的“道”，一门心思地磨砺手艺，为了一件作品而殚精竭虑，甚至能够摒弃私欲、清除杂念，只关心自己手里凿子凿出的洞和刨刀削出的形。这样的执念，比金银更可贵！一想到他若是没有机会出头，只能继续碌碌无为地活下去，那他终其一生磨炼的精妙手艺只能带到九泉之下，在人世间留不下半点儿踪迹，心中难免会生出无限的悲悯。这可真是应了那句话，千里马常有，而伯乐不常有，真是可悲可叹！不过这也许就是我与他的缘吧，十兵卫心中所怀的那颗无价宝珠，透过这一线微隙，竟然让老衲我在无意之中窥见了。这次修五重塔的工程就交给他来做吧！虽然只有一点微薄的报酬，至少还可以抚慰他那颗心无旁骛、真诚求道的工匠之心。

但是，大师又转念一想：

川越的源太也迫切地想要承包这个工程。之前委托他修缮增建了寺庙的大殿，还有其他的偏殿和配套建筑，我们也算是有过交情。他已经把设计预算书都做好，四五天之前就让我看过了。说起来，他的手艺也不差，而且十分可靠，还比这个十兵卫的信誉好。

唉，一项修五重塔的工程，却有两位可选的木匠师傅，既想给这个做，也想让那个干，真是左右为难。朗圆大师也着实犯了难。

八

“明日辰时，请亲自来寺里一趟。关于之前委托贵方修建敝寺五重塔一事，大师会当面授命，请穿正式的服装前来。”

一向伶牙俐齿的元珍和尚，这一次的口气却出奇得严肃。因为他喜欢吃辣椒，鼻子周围总是泛着一圈红晕，看上去特别滑稽，因此被人起了个外号——南蛮和尚。在修建感应寺大殿的时候，源太和他朝夕相处过一段日子，彼此已经非常熟稔。要是在平日里，源太准会叫着他的外号和他开开玩笑。可如今，他们两人之间的交情也逐渐淡了，况且这一次元珍又是代表感应寺来正式传话的。源太听罢赶紧低下头，恭恭敬敬地应承了下来。这个元珍和尚原本有个习惯,爱用食指和中指挠自己光秃秃的尖脑壳儿,不过他这回倒是规规矩矩地将手藏在僧袍里面,摆出一副高高在上的姿态。为了让这个贪婪势利的和尚替自己的丈夫多说几句好话,精于世故的阿吉在他临走的时候把招待他的点心和几千钱一起包成一个红包,说什么也要塞到他手里。对待一个出家的和尚,这样的“布施”也确实让人大开眼界。元珍随后也来到十兵卫家里,把同样的消息传达给他之后就回寺里去了。

第二天一早,源太剃了胡子,还特意理了发刮了头,换上一身崭新的衣服,心想:今天大师肯定要亲自把修五重塔的工程交给我了。他信心满满地从感业寺后门进到寺内,被带到一间会客室里等候着大师的到来。

十兵卫虽然和源太的外表、神态迥异,但是内心也怀着同样的期待,他跟着领路人来到一间阴森森的房间,独自一人呆呆地坐着等待。他心想:如今大师让我过来,是要把修五重塔的工程全部交给我来做了吧?还是不让我做,让源太做,只是当面通知我一下?要是真的如此,那可怎么办呢?我这一辈子算是看不到希望了,本来指望借这次机会出人头地,看样子也不成了。只求大师能够发发慈悲,可怜可怜我这个愚蠢的傻瓜,让我来干吧!

他心神不宁,连两扇九尺屏风上用金箔银箔精心装饰的凤于九天的图案都没有注意到，一双呆滞的牛眼像是在黑暗中找寻什么东西一样茫然不知所措。

就在这时候，那个伶俐的看门小和尚走进来，说大师要召见他，自己在前面引路。成与不成，马上就要见分晓了，十兵卫这么迟钝的男人止不住内心翻江倒海。他亦步亦趋地跟在小和尚身后来到一个房间里。没想到屋里根本没有大师，只有源太一个人在。源太恶狠狠地斜眼盯着走进来的十兵卫，眼睛里的怒火几乎要喷出来了。事出突然，十兵卫呆在原地。他站了一会儿，一句话也没说，只是朝源太的方向瞥了一眼，在和源太隔着两块榻榻米的地方坐了下来，垂头丧气地盯着自己的膝盖，拿不出一点儿气势来。相比之下，源太看十兵卫的眼神，就像一只骄傲的雄鹰，迎着风傲然站立在万丈悬崖之上，正俯视地面上的一只小狗。他仪表不凡，挺胸抬头，后背笔直，双肩端正，无论是身姿还是面容都称得上出类拔萃，真不愧是一个堂堂正正的伟岸大丈夫。

不过大师毕竟不是凡夫俗子，他心如明镜，并不会被表面的美与丑所迷惑。直到昨天，他还无法决定应该选择哪个木匠来承包五重塔的工程，今天又把两个人都找来，似乎是有了什么新的想法，让两人都在此处等候。大师安静地离开自己的起居室，脚步轻盈地朝这边走过来。门外的小和尚拉开会客室的纸门，大师进屋坐了下来。两个木匠都恭恭敬敬地叩头行礼,久久没有起身。十兵卫就像一个没见过世面的乡下孩子,面对大人物时羞红了脸。好不容易才把头抬起来,额头上的几道皱纹里已经渗出了汗水,鼻子也一直冒汗,估计腋下已经湿透了吧。他放在膝头上、像枯松枝一样粗壮的手指在不住地颤抖着。他在等着大师开口,因为他一句话就能改变他的命运,那副虔诚的样子颇有些滑稽。

源太也一言不发,洗耳恭听。大师明白两个人都满心期待,自己也久久开不了口,过了一会儿,才说:

“源太,十兵卫,你们听着。这次敝寺要修的五重塔,只有一座,但是你们两个人的心愿我都想满足,当然这是不可能的。交给一个人去做,另一个一定会觉得委屈、不公平。选择哪一个人来承包这项工程,并没有什么可依据的标准,管事的僧众和老衲我都无法做出决定,所以找你们过来商量。如此一来,这件事老衲就不插手了,你们两个不妨私下谈一谈,协商解决吧。回去之后好好聊聊,今天叫你们来的事情也就是这些了。不过这会儿老衲手头刚巧也没有什么事情,来都来了,不如咱们三个人一起喝杯茶,听你们说说俗世的见闻,老衲也把之前听到的几个有趣的故事说给你们听听吧。”

大师一脸笑容,就像对待自己的好友一样,和面前的两个人亲切地聊了起来。

九

小和尚端来茶水，大师接过喝了一口，也让二人喝点儿。两个人诚惶诚恐地拿起茶杯，嘴里连连说着：

"不敢当，不敢当！"

大师又把高脚点心盘子推到他们面前，说：

"你们这么客气，咱们怎么聊天呀？这样可不行，肯定聊不到一块儿去。这里还有点心，你们自己吃，我就不给你俩拿了。"

大师喝了一口天目茶碗里的茶，润了润喉咙，对二人打开了话匣子。

"我这个出家的老和尚也没听过多少有趣的事儿，最近读佛经的时候看到一个让我颇为感慨的故事，讲给你们听听：

"从前，有那么一天，天气晴朗，某个地方有位老人，带着两个孩子——是兄弟俩——在原野上游玩。原野上花香四溢，草木茂盛，三个人都非常愉快，他们来到一条大河边。当时正值初夏时节，清澈见底的河水拍打着河岸，水位并不高。河中央有一块沙洲，上面铺满了像珍珠一样的小石子和像银子一样颜色的白沙。老人一时兴起，不费吹灰之力地跳过了八尺来宽的河面，站在沙洲上环视四周，发现在沙洲的另一侧，也隔着大约八尺宽的水面，有一个与陆地隔绝的仙境。那里似乎没有被尘世的喧嚣所沾染，是一个与世隔绝的清净之所。老人心中暗生欢喜，本想跳过去一探究竟，转身看到两个想过河却过不来的孩子正一脸羡慕地呼唤着他，心生恻隐，对他们说：

"'这原本是你们二人无法到达的神圣之地，既然你们这么想来，我就让你们过来吧，耐心等着。快看，我脚下的石头，每一颗都是莲花的形状，真是见所未见；我眼前的沙砾，每一粒都发出金子般的光芒，这是多么神奇啊。'

"听老人这么一说，两个人远远地望向他这边，想要渡河的心情更加迫切了。老者让他们等一等，然后将一棵被洪水冲倒的棕榈树连根拔起，架在河面上搭了一座桥。兄弟两人都抢着要先过去，哥哥的力气毕竟大一些，他把弟弟推倒在地，沾沾自喜地上了桥。刚刚走到一半，弟弟爬起来用尽力气摇晃木桥。哥哥掉进了水里，挣扎着爬上了沙洲。这时候，他看到弟弟正走在桥上，就快要走过来了，于是哥哥也使劲儿摇晃独木桥的这一端，弟弟同样失去平衡掉在水里，成了落汤鸡。两个人都湿漉漉的，狼狈地来到老人身边。老人看着他们，叹息着说：

"'看看你们干的好事！你们一踏上这片沙洲，它就变得面目全非了，石块又黑又丑，沙砾也成了普通的沙子！'

“兄弟俩听了他这话之后非常吃惊，定睛一看，沙砾和石头真的变得像老人说的那样。两个人争先恐后地过了河，结果哥哥让可爱的弟弟受了罪，弟弟也害得他尊敬的兄长差点儿溺水。兄弟二人都心生愧疚，又自责又悲伤。于是，哥哥和弟弟相互拧干了衣服下摆上的水，彼此宽慰着。老人又把刚才的独木桥拽过来放在沙洲的另一侧，说：

“‘这个沙洲已经没有什么值得留恋的了，咱们去那边逛逛。这次你们俩先过去。’

“这一回，听到老人的话之后，兄弟两人相互看着对方，与刚才的态度截然相反。弟弟让哥哥先过，哥哥让弟弟先行。两人相互推让了半天，终于还是决定按年龄大小的顺序，让哥哥先过桥。哥哥走独木桥的时候，弟弟怕他摔倒，特意帮他稳住桥身。之后弟弟过河的时候，哥哥也同样帮助了他。待两个孩子都过去之后，老人一跃而起越过水面，三人一起悠闲地漫步在沙洲上。哥哥拾起一块石头给弟弟看，竟然是美丽的莲花形状；弟弟将沙砾抓起来给哥哥看，沙子发出金子般的光芒。兄弟两人都非常高兴，都感慨是对方让自己交了好运。这时候，老人从怀中掏出一朵真正的玉莲花给了哥哥，又从袖子里拿出真正的金沙给了弟弟，让他们好好保管。”

讲故事时，大师的语气虽然风轻云淡，眼神却饱含深意。

他对源太和十兵卫说：

“这个故事也就是哄哄小孩子的，但是出家人不打诳语，其中蕴含的道理是绝对不会骗人的。你们自己琢磨琢磨，是不是有点儿意思？老衲觉得很有深意呀。”

大师一片赤诚，他说的话都是发自内心的，比喻也十分精辟。源太和十兵卫两人面面相觑，一时无言以对。

十

从感应寺出来，穿着粗棉布衫的十兵卫似乎是丢了魂。他两手交叠在胸前，抱着胳膊，晃悠悠地走在路上。他心想：大师刚才说的话，就是让我俩主动谦让对方。我再傻，也听得出他话里的意思。唉，可是我真的不想让啊。想想之前做模型的时候，整宿整宿的不睡觉，我老婆怕我着凉，叫我去躺下，我都没听，还骂了她一顿让她闭嘴。费了那么大的劲儿熬到今天，终于看到一线曙光，要是能捞到这个千载难逢的机会，使出我的浑身解数干出一个名垂千古的大工程，那我十兵卫真是死而无憾了。

但是今天听了长老的话，我心里也不是滋味儿。他说的有道理，但是如果这回我让了，那真不知道什么时候能再建一座五重塔哩。难道我十兵卫这辈子都没有出头之日了吗？唉，太不甘心了，老天爷不长眼呀。大师慈悲为怀，我也明白他的苦衷,这事儿确实太难办了。而且对方是我的大恩人源太师傅,我又怎么能埋怨他呢?难道我真的只能乖乖地把机会让出来才行?没有别的办法了吗?已经走到现在这一步,真是太窝火了!

要是我没动这个心思,老老实实做个呆瓜,就不会被这种求而不得的苦痛折磨得快要发疯啦!是我忘了自己是个什么货色,怪我,都怪我!不过,哎呀,不过……唉,还是别想了!十兵卫这个呆瓜,就被人拿来当笑话吧!连我老婆都背地里念叨我是个没用的窝囊废,不如就这么活一天算一天吧。话说回来,活着又有什么意思?人世间没有一丁点儿的温情,看开了,也就这么一回事!发发牢骚而已,还能怎么样?大师什么也没说,却暗中教育了我俩。真不愧是得道高僧呀。仔细想想他的话,谁都会被他的菩萨心肠感动,也就不能心怀不满了。我们俩互不相让,他为了顾全我们二人的面子,特意讲了那个兄弟俩的故事,拿佛经里的道理教育我俩,让我们自己好好琢磨琢磨。要是拿他那个故事打比方,那我就是里面的弟弟喽。要是再不让,更没脸做人啦。唉,当弟弟真是辛苦呀。

十兵卫的眼泪涌上眼眶,连路也看不清楚了。他步履蹒跚,像个提线木偶一样机械地往前走,朝着那个让他万念俱灰的家的方向。突然之间,一声恶狠狠的谩骂声在他耳边响起:

“你个浑蛋!猪油蒙了心啦?我刚洗好的,看看你干的好事！”

十兵卫吓得胆战心惊，低头仔细一看，原来是他一脚踢倒了靠在提桶旁边的晾衣板，刚刚浆洗过的衣服都掉在了地上，有的已经被他踩了几脚。

“你是被狐狸精勾了魂还是怎么的？”

十兵卫吓得一屁股坐在了地上。晾衣服的女人操着房州[①]口音，力气堪比近江的阿兼[②]，狰狞的脸庞直接凑到他脸前，活像是一张孩子们过年的时候戴的丑娃面具。她举起拳头，抡开壮实的膀子，朝着他就是一拳。十兵卫丝毫没有招架之力，一下子被打倒在地上，沾了一身的土，连忙起身求饶：

“哎呀哎呀，我是让狐狸精勾了魂啦！对不起对不起！”

十兵卫一边道歉一边逃跑，任她怎么叫骂也不敢还口，一路跌跌撞撞回到了家里。他老婆阿浪赶忙迎出来：

“你回来啦！怎么这么晚呀，我正担心着呢。这是怎么弄的？满身都是土……”她上前正要为他拍打身上的泥土，他有气无力地说了一句：

“你就别忙活了。”

看到老婆着实担心自己，十兵卫没来由地湿了眼眶。他像是自己和自己赌气一样，“唉”地长叹了一声，捻着烟草装

---

①日本旧地名，在今千叶县南部。

②歌舞伎名作《晒衣女》中的主人公，力大无比。

出一副若无其事的样子，呆呆的一言不发。看他的样子和平时不太一样，阿浪也猜到了七八分，今天的事情一定不顺利。但是她也不知道怎么安慰自己的丈夫，只是反复思考着该不该问问他今天的情况。阿浪犹豫着张不开嘴，心里堵得慌，用一双不成对的火筷子——其中的一根是杉木筷子——夹起快要熄灭的炭块，用仅有的温度加热茶壶里的水。刚才出去玩儿的猪之这会儿也跑回来了。他看见自己的父亲，高兴地说：

“阿爹回来啦！阿爹盖高塔，我也盖高塔！快看！”

他冲过去拉开厨房的拉门，用手指着自己搭建的五重塔的模型，一心期待着被父亲赞扬几句，脸上挂着小孩子特有的天真笑容。他的母亲咬住和服长衫的袖子，努力不让自己哭出声来。十兵卫也瞪大了眼睛，泪水几乎藏不住了，他直勾勾地盯着模型说：

“哎呀，成啦成啦，做得好呀！该好好奖励你！哈哈哈……”

说完哽咽着大笑起来，笑声在房间里久久回荡着。他仰头看着天花板，心想：唉，弟弟真的太难当了。

十一

源太像平时一样，神清气爽地拉开格子门，嘴里说着：

“阿吉，我回来了。”

39

阿吉正在发愁，听见丈夫回来了，似乎心情还不错，赶紧把吸了一半的烟管扔下，站起来迎接他：

“怎么这么晚才回来？”

她嘴里问着话，转到他身后帮他把和服外褂脱下来，用自己的下巴夹着领子边，将两个袖子重叠在一起叠好，手脚麻利地搁到了房间一角，又赶紧回到火盆旁边。不一会儿铁壶里就响起热水烧开的嗞嗞声。她抬眼看了看盘腿坐在地上的丈夫，说：

“今天有太阳，挺暖和的，不过风可不小，路上冷不冷？给你烫一壶酒吧？”

她可真是体贴入微，手脚一刻也没有停歇地准备饭菜，小咸菜散发着柚子的香气，萝卜泥拌的鱼子，简单爽口，让人食欲大增。

阿吉的悉心照料让源太原本苦闷的心情得到些许宽慰。他一连喝了两三杯酒，然后又倒上一杯细细品尝着，对阿吉说：

“你也来一杯！”

阿吉喝了一口，放下酒杯，把烤海苔折起来，嘴里嘟囔着卖鱼的伙计的名字：“那个叫三子的应该快来了。”

她把酒杯放在源太面前，为他斟满，心想：这回应该是抽到上上签了。于是开口问道：

“今天怎么样？咱们已经十拿九稳了吧？回来你也不开口，我还为这事儿担着心呢。大师说什么了？还有那个呆瓜怎么样了？你也不给我说说，就会让我瞎操心！”

听她这么说，源太哈哈大笑：

“这事儿不用你操心。长老慈悲为怀，肯定会为我着想的。哈哈哈，阿吉呀，兄长不就是应该疼爱弟弟嘛。有些情况下，哪怕自己饿着，也要把吃的分给兄弟姐妹嘛，男子汉就得顶天立地。哈哈哈。而且真正的好男儿还要懂得忍耐和退让。修五重塔可是一件能流芳百世的差事，就算我一个人来干，也能盖出一座千年不倒、万众敬仰的杰作，完全不用旁人插手，就凭川越的源太一个人就能把它造好。但是……唉，有些事必须要忍耐，男人嘛，是个男人就得明白。大师的话虽然说得不错，但是自己心心念念想做好的工程，非要分一半给别人，确实让人懊恼。唉，真是难受，当哥哥的太难了。哈哈哈，阿吉，我想和呆瓜一起盖五重塔，分给他一半，你看我够谦让了吧？快夸夸我吧，你要不夸我几句，我这心里就更难受了。哈哈哈……”

源太一脸不悦，发出没有意义的干笑声。阿吉忖度着丈夫的意思，说：

“我不知道大师说了什么，但我是真的搞不懂。这事情不是这个理儿吧？为什么要和那个又蠢又笨的呆瓜一起干呢,这也不是你的作风呀？真的要让,就全让给他好了。本来就是咱家要承包的活儿,为啥还得找个别人来帮忙？这就像两个人一起去砍一个人的头,何必做这种不体面的事情呢？你这个人一向光明磊落,大家都知道,你自己也明白得很,怎么今天这么犹犹豫豫的？我一个妇道人家,都觉得你的这个决定太没骨气了。我可不夸你,夸你做什么？他不过是个拾人牙慧的呆瓜,就该骂他:‘不知廉耻的家伙,敢抢我的活儿?!’让他连个屁也不敢放。这么由着他胡来,非要合伙承包工程,有什么意思？谁说的只有让着他才行？非得谦让才是男子汉？我接受不了。要不然我去那个呆瓜家里走一趟,臭骂他一顿,让他彻底死了盖五重塔的心,给咱们下跪谢罪!”

阿吉一心袒护自己的丈夫,源太听了却冷冷一笑:

“你懂什么？我做了什么,你只用夸我做得对就行了。”

十二

被源太硬邦邦地呵斥了一句,气不过的阿吉抬起头本来想反驳,但是她知道丈夫比自己的气性还大,她如果非要还嘴,势必会引起一场激烈的争吵,最好还是不要逞口舌之快。她刚刚还暗自埋怨丈夫憋着心里话不和自己说,但是如今转念一想,这个聪明的女人马上就想通了:

“哎呀，都怪我这妇人之见，胡乱说话！还不是因为关心你的那个工程的进展，想多打听打听。是我多嘴了。”

她故意轻描淡写地把自己刚刚说的一番真心话掩饰过去，摆出一副为丈夫分忧的姿态，这样善解人意的态度也多少让源太心底的烦闷减轻了几许。他的表情稍稍柔和了一些，平心静气地对她说：

“这都要看老天爷的造化。只要咱们对别人和善一些，一定会有好报的。这么一想，咱们把工程分给呆瓜一半，心里也会更好受些。这个世道究竟是好还是坏，全在于个人看待世界的态度。所以尽量不要那么小肚鸡肠，豁达洒脱地为人处世才是最好的。”

源太说罢干了一杯酒。之后夫妻二人又说了一些看戏的时候听来的传闻轶事，还有手下徒弟们的近况之类不疼不痒的话题当下酒菜，尽兴地喝了点儿酒，并没有太过贪杯。两个人在一个盘子里吃饭夹菜，尽管不太讲究，但和和气气地把饭吃完了。

源太暗中猜想，十兵卫差不多也该登门拜访了，就什么也没做，在家里干等着他。过了好久，太阳照在纸门上的光线移动了一尺，门口也不见人来；移动了两尺，还是没有人影。

他在心里琢磨着：十兵卫那小子，一定会低着头蜷缩着身子，低三下四地来这里苦苦恳求我。借着今天大师情真意切的那番话，痛哭流涕地求我把工程让给他一半。可都这么晚了，他怎么还不来？难道是他已经绝望了，完全不想再争取？甚至连过来谈一谈都不敢，就在家里闷着不出来？或者是在等我去他家？如果是在等我去，那他真是长本事了。不过看他那样儿，也不像是这么心高气傲的人。唉，那个呆瓜总是这么磨磨蹭蹭的，性子又慢。

源太一个劲儿地抽着烟，心中焦躁，慢慢失去了耐性。天色越来越暗，黄昏一过，到了群鸟归巢的时间。源太再怎么劝自己要耐心等待，也终究是按捺不住了。因为心中烦闷，他对饭菜也挑三拣四的，晚饭端上来，他就吃了几口，便悻悻地扔下了筷子，连口茶都没喝，就一脸怒气地对妻子阿吉说：

"阿吉，我去那个十兵卫那里走一趟。如果这会儿他过来了，你让他等着我。"

说完，源太气鼓鼓地站起身来往外走。阿吉虽然担心，但也无计可施，只能目送着他远去的背影，独自唉声叹气。

十三

十兵卫家大门口的拉门板子一点儿都不顺滑，源太更加气急败坏，使出全身力气把门拉开，问道：

"十兵卫在家吗？"

阿浪听到声音就知道是源太来了。源太对十兵卫有恩，如今自己的丈夫却恩将仇报，她真是没脸面对昔日的恩人。女人家的脸皮本来就薄，阿浪的心怦怦直跳，张了半天嘴只说出一句：

“啊呀，是师傅来了。”

之后就一句话也说不出来了，沉默着僵在那里。源太往屋里一瞧，一眼就看见十兵卫正不声不响地坐在油灯对面，满是油污的灯罩子上全是针眼。源太也不客气，径直进了屋。呆立在一边的阿浪这才反应过来，连忙请他到火盆旁边坐下。她的迟钝也恰恰体现出了她性格耿直，但是不懂得察言观色。

十兵卫笨拙地对源太行了个礼，慢腾腾地说：

“原本想明天一早去您府上拜访。”

源太鄙夷地瞪了他一眼，故意用一种大度的语气说：

“哟，原来你是这么打算的呀。我呢，是个急性子，在家一直等着，也不知道你什么时候来，就贸然登门拜访了，唉，我真是个傻瓜，哈哈哈。十兵卫啊，听了大师的话，你是怎么想的？他让咱们两个人自己协商，然后就讲了那个老人和两个孩子的故事。我是特意过来找你商量的，你心里肯定有主意了吧？我这个人呢，脾气是挺冲的，不过事后仔细琢磨了一下，觉得大师那个比喻很有道理。如果咱俩针锋相对，最后免不了会两败俱伤。你和我远日无怨，近日无仇，我也不能光想着自己。为了能妥善解决这事儿，我做了很大的让步，深思熟虑之后想出了一个主意。至于你嘛，我也想听听你的真心话，然后咱们再一起做决定，你看怎么样？都是男子汉大丈夫，我也不会搞那些见不得人的勾当。这次我是带着诚意来的。”

源太顿了顿，看了十兵卫一眼，只见他还是垂着头，机械地点了点，嘴里嗯、嗯地答应着。他的头发乱蓬蓬的，五六根白头发在灯光的照耀下闪着寒光，格外显眼。阿浪坐在熟睡的猪之枕边，屏住呼吸一声都不敢吭。屋里一片寂静，隐隐约约能听到远处的某条街道上叫卖热锅乌冬面的吆喝声。

源太逐渐平静下来，他口气轻柔地说：

“那我就不拐弯抹角了，咱们开门见山，十兵卫你看这样如何：我知道你也想干这件流芳百世的工程，彰显你的手艺。倒不是为了求什么名利，而是为了实现做木匠的夙愿——让后世的人都瞧瞧，曾经有这么一个叫十兵卫的工匠，构思如此巧妙，手艺这么精湛，对不对？咱们想到一起去了！这可不是什么寻常的活计，一旦错过，一辈子可能再也碰不上了。我，川越的源太，也和你一样，想让自己的作品流芳百世呀。

“非要替自己找个理由的话，我之前就和感应寺有些渊源，而你还没和他们打过交道。我先来，你后到。之前他们就已经委托我画好了草稿，还做了预算，并没有委托你，对不对？要让旁人来说，我来干这个工程是顺理成章的，你嘛，这时候来插一脚，就有些不太厚道了。不过今天我既不和你讲道理，也不用世俗的眼光来做判断。我也知道你一直怀才不遇，平时嘴上虽然不说，心里一定无比懊恼，怨自己生不逢时。换作我，肯定也无法容忍就这样悲惨地虚度一生。

“也是因为这个原因，这几年我虽然给你帮不上什么大忙，但在工作中尽量多关照你，不过你也不用觉得是欠了我的人情。大师看透了你是个善良本分的匠人，才格外同情你的遭遇，讲了今天的这个故事来开导咱们。如果你是那种追名逐利的势利小人，故意和我唱对台戏，那我真是要恨死你了，巴不得在你头顶敲上一凿子。你的为人我是清楚的，所以才全心全意地为你做打算，也想过干脆把整个工程都让给你来做算了。不过嘛，谁都是有私心的，我也真的不想放弃这个机会。

“所以十兵卫，你听听我这个主意怎么样——哎呀，这也真是开不了口，不过也请你体谅我的难处——咱们两个人一起修五重塔怎么样？以我为主，你的能力还有所欠缺，不如就来做个副手怎么样？我知道你肯定不满意，心里也委屈得很，但是拜托了，真的拜托了！算我源太求你了，你别一句话也不说呀！阿浪要是同意我说的办法，也请你替我劝劝他吧，好不好？”

他转向已经泣不成声的女人，真诚地恳求着她。

“哎呀呀，恩人师傅，太谢谢您了。哪里还有您这么好的人呀,打着灯笼也找不到了！喂,你还不快点儿谢谢咱们的大恩人?”

阿浪用左边的衣袖拭着眼泪,袖子已经被泪水浸湿了。她伸出右手摇晃着丈夫的膝盖,不住地催促着他。十兵卫一直像个泥菩萨似的坐着一言不发,任她怎么劝说也不吭声。又问了两三遍,他还是沉默着不回答。终于,十兵卫抬起了头,面无表情地说了一句:

“您的这个办法,我无论如何也不愿意。”

这句话把他老婆吓得倒吸了一口凉气。

“你说什么?!”源太的声音提高了一个八度,他向后微微倾了倾身子,对面前的十兵卫怒目而视。

十四

源太提出的这个方案,既保全了人情,又合乎义理,一般人是不会做出这么大的让步来成全别人的。不过尽管源太做到了这种程度,十兵卫却用一句生硬的“不愿意”直接回绝了他的好意。十兵卫的性格确实很耿直,但是他这种没心没肺的处事方式,怕是连不通人情世故的木雕泥塑都不如吧。

简直太不像话了！自己的丈夫如此不讲道义,真是到了让人憎恶的地步。阿浪目瞪口呆地看着眼前这个男人,像被人狠狠揍了一顿。她不由自主地凑到丈夫身前,控诉似的骂道：

“你胡说什么呢！源太师傅是设身处地地替你考虑呀！像咱们这种微不足道的小人物，师傅只要踢上一脚，就永世不得翻身啦。师傅对你这么好，把他自己已经到手的工程分你一半，你还不知道感恩戴德，不应该赶紧拜谢他吗？而且，人家也不是直接差遣你去干活呀。就咱们家这个破屋子，连个能接待客人的、像样的坐垫都没有了，他却特地过来找你商量，让你做他的副手，你这个人怎么能不识好歹呢？都这样了你还不愿意，是会遭报应的。真是辜负了师傅的一片真心啊！自私也好，不懂礼数也罢，总要有个分寸吧？我身上穿的这件棉褂子，还是去年冬天阿吉师娘赏给我的。她看见我大冷天还穿着夹衣，冻得可怜，让我拿回来改一改穿的。这些你都看不见吗？

“师傅一家人对咱们恩重如山，你还敢和人家抢活儿干！师傅是大人有大量，不和你这个忘恩负义的小人一般见识，对你百般照顾，真是活菩萨再世呀！而你呢？你却枉费了他的一片好心，竟然还敢说不愿意……就算你真的不乐意，你觉得你这话是个有良心的人能说得出来的吗？你也琢磨琢磨阿吉师娘会怎么想，以后让我还有什么脸去见她？就算师傅心胸宽广，不怪罪咱们十兵卫夫妇不识好歹、愚蠢透顶，但是别人呢？大家会怎么唾骂你？人家会说，十兵卫是个恩将仇报、狼心狗肺的畜生！即使你真能干了这个工程，但是沦落到被万人唾弃，连禽兽都不如的地步，真的值得吗？

“你常常告诫我，不要贪心不足，也不要不知廉耻，那你现在看看你自己吧！算我求你了，快答应了师傅吧。到时候大家都会说，看呐，那参天的高塔是谁和谁两人共同建造的。你的名字能有机会和师傅的名字搁在一起，被世人称赞，那你这辈子就没白活，也没有辜负师傅对你的一番好意。要是真能有那么一天，我可是要高兴坏了。但是你竟然连这样的好事都不满意，真是无药可救了！你是疯了！着了魔了！在这里丢人现眼……就是我不说，你也该掂量掂量自己有几斤几两吧！”

做妻子的一边哭着一边劝他。她的头深深地低垂着，发髻上还插着一根穿了线的针，线头一直在颤动。看样子，阿浪真是难受到心都要碎了，瘦弱的身子摇摇欲坠。十兵卫紧紧闭着眼睛，张开嘴用混浊的声音对她说：

“别吵了！阿浪，你给我闭嘴，吵得我都没法说话了。师傅，请您听我说吧。”

十五

十兵卫平复了一下激动的心情，他把发抖的双膝并拢，双手按在膝头，身体挺直，缓缓地说道：

“师傅,那可不成。两个人一起修五重塔是万万不可的。您大发慈悲,把这个活儿让给我一半,我心里明白您的好。但是这事儿不成,我做不了,真的做不了。我之前确实一门心思想要揽这个活儿,白天黑夜的就想着盖五重塔,但是现在十兵卫我已经放弃这个念头了。听了大师的教诲,在回来的路上我就已经彻底死了这条心啦。当初是我不自量力,竟然敢动这个念头,真是个傻瓜呀。我是个呆瓜嘛,那就一直乖乖地做我的呆瓜就好了,干些弄下水道盖板的杂活儿,这一辈子也就过去了。师傅,请原谅我吧! 是我的错,竟然大言不惭地要求去盖什么五重塔。而且师傅您不是别人,是我的恩人,您一个人把高塔盖起来,我在一边看着也为您高兴哩。”

听到十兵卫有气无力地说出上面这番话,急性子的源太早就忍不住了,直接向前探出身子制止了他:

“十兵卫你真是个混蛋! 你也太不明事理了,大师的那番话又不是说给你一个人听的,也是讲给我的。你听进去了,我也听明白了。你一个人在这里自暴自弃,分明就是在为难我呀。你要是觉得这个办法不行,不想干,那咱们就再商量。你非得自甘堕落,自己说自己是个傻瓜,算是什么男子汉? 大师苦口婆心教育我们要互相谦让,要是现在我顺着你的意思,说一句:那好吧,这活儿就由我来干! 自己把修塔的活儿应承下来,那我以后还有什么脸面去面对大师呢? 我源太这么多年积累起来的为人仗义的名声，不也就全毁了嘛。而你呢，也是竹篮打水一场空，得不偿失。真是再没有比这个更愚蠢的办法了！

“不如咱们两人一起修，事半功倍。有什么意见不同的地方就相互担待着点儿，我知道你不满意，其实我也觉得那样没啥意思。但是咱们双方都得忍耐，各自退让一步，也没什么不行的。你也没必要口口声声说自己是个傻子，白白折腾了这么些天，最后还是让自己的一身好本领无处施展。我说十兵卫，你要是能听进去我的话，就改变主意答应下来吧！

“我源太不是不讲道理的人，你还是不说话，是不满意呢还是不答应？真的不能答应我吗？难道还是不明白我的意思？十兵卫啊，你这个人也太无情了吧？你倒是说句话呀，不说就是不同意？这也太不像话了。你不说话我也不明白呀，难道是我不讲道理吗？还是你觉得委屈，生气了？”

源太是个讲义气的江户儿郎，心肠也软。他一面坚持己见，一面流露出对十兵卫的关怀体贴。

看到师傅这么好言好语地规劝自己的丈夫，阿浪心中满怀感激之情。尽管此时她无法开口向源太道谢，但是眼角不断溢出的泪水，却比说出来的话更能表达她的心情。她用含泪的双眼看了看依旧不接话的丈夫，那个男人的身子一动也不动，默默低着头，像是在思索着什么，只能听见他的泪珠噼里啪啦打在膝盖上的声音。

源太也沉默了一会儿，思索了一下之后缓缓说道：

“十兵卫呀，你还是不懂吗？或者是依然不满意吗？确实，原本你想一个人干，现在咱们两人一起，你觉得挺遗憾的吧？而且是我源太为主，你做副手，肯定不甘心。算啦算啦，真是败给你了。要不这么办吧，我来做你的副手，你来做主。赶紧的吧，别磨磨蹭蹭了，快答应下来。”

源太心一横，硬是违背了之前的初衷，委屈自己，又让了一大步。十兵卫闻言大惊失色：

“这……这怎么使得！师傅，十兵卫就是疯了也干不出这样的事儿。真是折杀我了！”

源太赶忙追问了一句：

“那你是肯同意我的意见了？”

十兵卫欲言又止：

“这……”

源太怒火攻心，有些失态地对他大吼：

“你来做主也不行吗？你这个人未免太贪心了！”

一旁的妻子见状吓得大气都不敢喘一下，她的口气像是在责备自己的丈夫，又像是在和他赌气：

“所以说呀，你早听师傅的话不就好了嘛……”

十兵卫终于鼓足勇气，缓缓地抬起头，圆鼓鼓的眼睛几乎要从眼眶里掉出来：

“一件工作两人一起完成这件事儿，十兵卫无论做负责人还是做副手，都做不到。请师傅一个人包下这个工程吧，我就一辈子做傻瓜……”

他还没说完，源太就勃然大怒：

“亏我好心好意给你说了这么半天，你就是不领我的情，对不对？”

十兵卫回答：

“是的，多谢您的一片苦心。我不会撒谎，不愿意的事情我做不到。”

“你好大的胆子！就是不按我源太说的办是吧？”

“这件事恕难从命。”

“好，呆瓜你给我记着，不识好歹的家伙，你以为你有理吗？好好好，我不和你说了，你就一辈子去修下水道吧！五重塔的工程我不会让你动一个指头！我源太一个人干，修得又高又漂亮！你有本事就来给我挑毛病吧！”

十六

“嗯，谢谢。我已经醉得不行啦。不喝了。”

清吉虽然嘴上这么念叨着，但是拿着酒杯的手却依然不愿松开。爱喝酒的人就是这么口是心非。他虽然醉得不轻，但还是努力控制着自己，端端正正地坐着说道：

“师傅不在，在这里喝得烂醉如泥，就太没礼貌了。要不是和师娘一起喝酒，怕您笑话，我估计又要高兴地跳上一曲《夕暮》啦。啊哈哈，真是太高兴了！不行，我得走了。要是喝过头了，师傅回来肯定生我的气。不过师娘，说真的，就是我师傅冲我发火，我都高兴着哩。不是因为当着师娘的面才说这种奉承的话，我真心觉得师傅比我家茶袋[1]对我还好呢。

“之前在凌云院干活儿的时候，因为一点小事儿，我和阿铁、阿庆闹起了不愉快，我把阿铁的胳膊打伤了，挺严重呢！他爹娘哭着找来了，我当时后悔死了。但是那时候我一分钱也没有，真是山穷水尽了。当时我还琢磨着，要是真被逼得走投无路，就只能跑路了。师傅啥也没说，把阿铁看病治伤的钱掏了，对我也没有一句责备，只是和蔼地对我说：‘阿清呀，打架的时候人都在气头上，现在说什么也晚了。不过你还是去道个歉吧，这样阿铁的爹妈也会好受一点儿，你也不用总是晚上内疚得睡不好觉了。’那时候我就哭着想，师傅真是个大好人呀！虽然我原本没有想去给阿铁道歉，但是师傅这么说了，我就耐着性子去找他赔了个不是。

“这事情说来也挺有意思的，那之后不知不觉地，我和阿

---

①日语中将“口袋”（御袋）作为母亲的俗称，与“茶袋”（茶袋）的发音相近。

铁的关系就亲近了起来。现在我俩是好哥们儿，干活儿的时候谁要是有个啥事儿，彼此都能相互照应。我们能有这样的交情，全是托了师傅的福。话说回来，我家那个茶袋就会一个劲儿地骂我，天天在我耳边唠叨，说什么别打架，别出去花天酒地之类的。哈哈哈，全是一些讨人厌的话。啊？茶袋就是我老娘。什么呀，一点儿也不过分，叫她茶袋就对了，而且是泡得没了味儿的粗茶！哈哈哈哈，多谢您的款待，我真得回去了。

"啊？您说又烫了一壶酒，让我喝了再走？哎呀，真是太周到了，要是我家那个茶袋，我想再多喝一壶她肯定不乐意。喝得太舒服了，真想唱上一曲儿。您问我会不会唱？不瞒您说，我唱的《说松》①连那个谁都说唱得好哩。"

阿吉听了笑着说：

"你们现在混得这么熟，可要小心些，别鬼迷心窍了。"

两个人正在谈笑，源太回来了。看见清吉也在，便对他说：

"清吉，你来得正好。阿吉，给我们再弄点儿酒喝，今夜不醉不归。你就用你那破嗓子给我唱个《说松》听听吧。"

"哎呀，师傅，你偷听了我们说话！"

---

①日本民谣小调，歌词都是带"松"字的地名。

十七

清吉喝醉之后就没了正形，见源太和他聊着天，阿吉对他照顾得也殷勤，不知不觉就没了原先那股拘束劲儿，开始得意忘形起来。给他斟酒，他也不客气，直接拿过来就喝干了。几杯酒下肚，平时就招人喜欢的红脸蛋更水灵了，那颜色像熟透的红果子一样。他一会儿像孩子一般大笑，一会儿又和不存在的对象争强斗狠，高谈阔论同辈人的小道消息，炫耀自己的模仿技能在哪里被人喝过彩。说了他的朋友阿仙和别人争论能不能把某个妓院里雕着狮子头的大火盆偷出来，结果栽了个大跟头的糗事；又说起他曾经在五十间[①]教训过一群地痞流氓……话题从一个换到另一个，越说越带劲，说着说着就提到了呆瓜。清吉昏昏欲睡的眼睛突然间睁大了，他把后背挺直，表情滑稽地喝干了杯子里凉透了的酒，说道：

"我就想不通了，师傅为啥要对那个浑蛋那么好。说到工作，那家伙简直就是吹毛求疵，干个活实在太慢了。一根立柱，一个门槛，他都要刨个三遍，慢慢腾腾的，真不像话。什么活儿要是交到他手里，就从来没手脚麻利地干完过。阿仙笑话他说，就是做个红松木的火盆边儿也得花上三天，他就是那

①江户一条道路的名称，在妓院集中的花街附近。

么一个磨磨蹭蹭的人。师傅却总是袒护他，说实话，我和阿金、阿仙、阿六他们，都觉得师傅的肚量真的太大了，能容忍这么一个没什么本事的废物。要是凭着做工精细就能让师傅另眼相看，那我们私底下还说呢，以后连一块板子也要慢慢地加工，细细地把它刨得像围棋盘一样光滑细腻。

“第一，那家伙完全不懂应酬，没和我们一起逛过妓院，也没一起吃过一次炖鸡锅。上次大伙儿一起去大师河原①参拜，我就想把在师傅手底下干活儿的人都叫上，于是好心去叫他。结果他就回了一句：‘我没钱，去不了。’真是一个又不懂事儿又不通情理的人！要是真没钱，就是把老婆唯一的衣服当了也得陪着哥们儿去应酬，这才叫讲义气。这个浑蛋什么都不懂！但是师傅器重他呀，那家伙原本和我还有阿金都是一样的身份，现在已经爬到我们头顶上了。

“话说回来，我和阿仙从小就跟着师傅干活儿，师傅就是我俩最尊敬的人了。记得我们还是个孩子的时候，流着鼻涕，带着饭盒，跟着师傅干完了一天的活儿，再摇摇晃晃地背着一捆木头片子回家当柴火去。十兵卫和我们不一样，他是从外地来的，原本应该比我们更孝敬师傅和师娘。师傅，师娘，我心里觉得这事儿挺憋屈的。一旦有什么事情，我愿意为师傅

①指的是神奈川县川崎市的大师堂，祭祀弘法大师空海。

和师娘赴汤蹈火，义不容辞。不过十兵卫那个混蛋，无情无义，就算是为了恩人，也不能让自己吃哪怕一点点的亏哩。那个冷血无情的畜生，一点儿骨气都没有！”

趁着醉意，他把心中的不满一股脑儿全部倾吐了出来，难过地哭起来。这些话都是老生常谈了，阿吉看着丈夫，故意做出为难的表情。实际上，她心里也暗暗记恨着呆瓜，此时又听了这番话，觉得阿清说的也不无道理。

源太虽然喝了酒，但是还没醉到犯糊涂的地步，他手握酒杯放声大笑：

“清吉，你说什么呐。别在我面前说胡话啦，再怎么瞎折腾也白搭。把你这个哭哭啼啼的本事用在追女人上去吧，保准好用。这里可不是和你相好的小蝶姑娘的屋里。哈哈哈。”

清吉听了，赶紧收敛，抬手擦了擦还在止不住地往下掉的眼泪，又把手伸到了装刺身的盘子里，抽着鼻子泪眼婆娑地说：

“哎呀，太丢人了。师傅觉得我是喝醉了酒胡说八道？我才没醉呢。小蝶什么的不值一提。这么一说，她长得和呆瓜还有点儿像哩，真是太让人扫兴了。呆瓜那个可恨的家伙，竟然和师傅对着干，他还想盖五重塔？太可恶了！师傅对他那么好，他反而恩将仇报，要造反哩！伯龙[1]的评书里面说了，明智光秀[2]造反也是有原因的，不过十兵卫那个家伙可真是大逆不道啦。师傅你从来没用铁扇子打过呆瓜的头吧？你也没有对森兰丸许诺要把呆瓜的领地分给他吧？[3] 要是那个家伙蹬鼻子上脸，师傅说让他一起造塔他就真敢同意，那我绝对不能轻饶了他。我要像这样，把那个狼心狗肺的东西打死喂狗！”

清吉说着话，朝旁边的空酒瓶子就是一拳。酒瓶倒下去摔得粉碎，旁边的碗碟也碎了一地。

他师傅大喝一声：

“浑蛋！”

清吉这下老实了，本以为他会安安静静地坐下来，没承想他额头上粘着几片大酱汤里飞溅出来的紫菜，就那么打起了呼噜来。

源太被他逗笑了，对阿吉说：

“快去拿个被子来，给这个傻小子盖上。”

他自己倒了一杯酒，一口喝干，长长地吐了一口气，心想：

---

①江户时期讲谈（相当于评书）流派之一。

②日本战国时期的武将，织田信长的家臣。他在京都本能寺发起叛乱，迫使织田信长自杀身亡。

③据传，明智光秀发动叛乱的原因是织田信长曾经用随身携带的铁军扇打他的头，还要收回他的领地赏赐给宠臣森兰丸。

我在十兵卫家里大动肝火，气冲冲地就回来了……这么一来我未免和清吉一样，太没有肚量啦。这件事还得再想想办法才行。

十八

在源太发了一通火离开之后，十兵卫一直交叉双手抱着胳膊，坐在那里发呆。阿浪偷眼瞧着丈夫，不住地叹着气，终于忍不住开了口：

“你偏偏要惹师傅生气，这个活儿算是没指望了。那几天你一整夜一整夜都不合眼，尽心尽力地把模型做好，结果全是白费工夫，得罪了人不说，还白白送给别人一个数落你不明事理、恩将仇报的口实，多丢人呀！你不听我这个女人的劝告也就罢了，但是做人再怎么直来直去不会拐弯儿，也要讲道理吧。师傅把话都说成那样了，你俩合伙干，难道还委屈了你不成？可你偏偏就要耍性子，真是死心眼儿，这事儿办得谁也不会说你一句好。

“你要是听了师傅的话，不光让师傅宽了心，还能有个出头的机会，也不枉前些天费的那些时间和力气。这么皆大欢喜的事儿，你不干。你心里到底怎么合计的？我是你女人，也真的是完全想不通。真的不能再好好琢磨一下，就依了师傅的主意，不行吗？只要你肯改变心意，我马上就去师傅家，无论怎么求他都成，打不还手骂不还口，就一个劲儿赔不是。源太师傅是个心善的人，不会一直生你的气。他肯定能原谅你的一时糊涂，脑子转不过弯儿来。你就别这么倔啦，赶紧的吧，就按师傅说的做，行不行？”

妻子哪有不为自己丈夫好的？阿浪说的话也不是没有道理，可她一个劲苦口婆心地劝，十兵卫却连眼皮都不抬一下：

“唉，你就闭嘴吧。别再提五重塔的工程了，是我不自量力，不怪别人骂我不明事理、恩将仇报，那都是因为以我十兵卫的身份根本就不够资格。事到如今，说什么都没用了。不过，你说的那个绝对不行。我十兵卫干活儿的时候，绝不会听别人的建议，无论是装卯榫还是立椽木，凡是我负责的工程，都得按我的想法来。哪怕是一分一毫，我也不会听别人的指挥。无论是干得好，还是干砸了，都是我一个人的责任。要是我给别人打下手，那就只是拿人钱财，看人眼色做事，甭想耍什么小性子，去指手画脚。明明自己做不了主，偏要给自己脸上贴金，美其名曰做什么副手，这种靠着别人的本事往上爬的事儿我十兵卫可干不了。我也不会指望去分别人的功劳，也不愿意让别人在我干活儿的时候添乱。

“源太师傅是个大善人，他早就琢磨透了这里面的人情世故，愿意赏脸给我这个机会，我真的很感激。但是不能因为我铁了心想盖这个五重塔，就让我去做那种攀附别人的事情，那样实在是太过分了。我十兵卫既不是真正的笨蛋也不是真正的呆瓜，不愿意沾别人的光。不如就让我安心做一棵杂草，到了枯萎的那一天，也能成为参天大树的肥料。每次一看到那种靠着别人往上爬的寄生虫，还一副趾高气扬的样子，我就打心眼儿里瞧不起他们。如果今天我按着师傅说的做，也变成那种人，那才真是丢人哩。还不如干脆一辈子在师傅手底下，听着指挥，被他使唤着做些杂活儿，也乐得清闲呐。那种半吊子的人情，反倒是最让人难受的。你肯定不能明白我的心情，又要叽叽歪歪的了，不过还是忍着吧。对，我肯定不接受。你不可能懂的。谁让我是呆瓜、笨蛋呢，别人怎么说我都没错儿。哎呀，火变小了，好冷呀。差不多该睡了。”

阿浪听着他一五一十地讲出自己的想法，也陷入了沉思，一时无言以对。夜深了，照亮这间寒冷陋室的唯一一盏油灯也逐渐黯淡了下来。

十九

那一晚，源太躺在被窝里翻来覆去地睡不着，熬到清晨听着公鸡打了好几次鸣。他起床也比平时早，洗漱之后又喝了一杯热茶，冲一冲昨晚宿醉的酒气。这时候，清吉一个鲤鱼打挺坐了起来，揉了揉惺忪的睡眼，一脸诧异。源太和阿吉都忍不住笑出了声，开玩笑地对他说：

“清吉呀,昨晚你是怎么了?”

清吉马上坐正,不住地低头道歉,战战兢兢地说:

“承蒙款待,是我贪杯喝多了,不知不觉就睡过去了。师娘,我昨晚没干什么出格的事儿吧?”

“没有呀,不必介意。吃点儿饭上工去吧。”

听到阿吉宽容和善地回应他,清吉更加惶恐不安了。他环抱着双臂,魂不守舍地回忆着昨晚的情景,苦思冥想的样子着实滑稽可笑。

把清吉打发走之后,源太闷闷不乐,独自待在那里,完全不见往日开朗豁达的模样。他也不搭理阿吉,只是一个人琢磨着心事。一会儿自言自语地说:“我懂了!”一会儿又皱着眉头叹息:“可怜呀。”过了一会儿又摇摇头:“唉,还是算了吧。”突然又一脸气愤地说:“这可如何是好?”阿吉在一旁看着都替他觉得累,刚想开口劝解两句,就被源太一句:“你别说话!”给堵了回去。

她只能干着急,一直为他悬着一颗心。源太此刻完全没工夫顾及她的想法,苦苦思索到傍晚时分,终于拿定了主意,飞快地换上出门的衣服直奔感应寺去了。

见到大师以后,源太将昨天的情况一五一十地汇报了一遍,又说:

“十兵卫当时为什么会那么回答,其实我也不甚明白。

但是我被他一口回绝的时候,我真是火冒三丈。等到回家好好想一想,才明白如果我单独接下这个工作,即便修成了一座雄伟的宝塔,也有负大师的教诲。这么一来,我就成了一个只顾满足私欲的小人,根本称不上男子汉大丈夫啦。不过,看样子十兵卫也不会轻易改变主意。既然他已经按捺住自己心底的意愿,将工程拱手让给我,按理说我也应该舍己为人,将工程全部让给他来做,这才是合乎情理的。在下愚笨,考虑了那么久才想出来的办法十兵卫却不同意,即便我又气又恨,也无法和他达成一致。我已经无计可施了,请大师您为我们做个决断吧,无论您是让十兵卫一个人干,还是让我干,或者让我们两人一起来修五重塔,不管什么样的决定,我都没有异议。只要您肯为我们做主,我们都会摒除争斗之心,欣然接受的。我们自己真的没法达成共识,只能来求您定夺。"

源太诚心诚意地恳求,大师听了开怀大笑:

"你终于开窍了,果然是个重情重义的男子汉。好,好!你现在的这份心意,已经比建成一座高耸入云的宝塔还要可贵了。刚才十兵卫也来过了,他也和你说了一样的话,你说他是不是一个值得你好好栽培的工匠?源太呀,你要尽全力栽培他呀!"

大师言辞中肯,源太连连点头称是。赶紧爽快地答应道:

"那是一定,我会好好栽培他的。"

大师听了喜笑颜开：

“太好了，太好了！是个好男儿！”

听到大师如此夸赞自己，源太虽然觉得惭愧，还是不由自主地抬起头来，禁不住喜极而泣：

“多亏了您的教导。”

一句话里包含了无限的感慨，此时此刻，他已经下定决心要为协助十兵卫的工作而尽心竭力。这份慷慨无私的豪情，值得世人敬仰。

二十

十兵卫一早去感应寺拜见朗圆大师，流着眼泪说明了自己放弃修建五重塔的意愿之后返回家里。他整日心情郁闷，连抽烟的力气都没有，只是怅然若失地哀叹自己时运不济，反反复复思考着今后的出路，越想越难过。到了饭点儿，平日能吃六七碗饭菜的他迟疑着拿起筷子，却一点儿胃口都没有，勉强吃了一两碗就吃不下去了，只是一个劲地喝着茶。有烦心事的人多半都像他这个样子。

家里的顶梁柱心情这么难受，连做妻子的和少不更事的小孩子猪之也高兴不起来。十兵卫家原本就贫寒，如今是雪上加霜，未来连一点儿指望也没有了，日子过得毫无生气。就连晚上做的梦，都是些凄凉苦楚的情景。长夜将明，晨钟敲响，阿浪醒了过来，从猪之身边轻手轻脚地起了床。早上的风很凉，家里又没有生火，她不忍心吵醒猪之，想让他多睡一会儿。但是猪之却不像往常一样睡得那么安稳，不知为何突然跳了起来，穿着一件单薄的睡衣在被褥上来回跑着，用两只小手蒙住眼睛，边哭边喊：

“讨厌！讨厌！不许打我爹！”

“猪之呀，怎么啦？”

阿浪吓了一跳，赶紧过去把他一把搂在怀中。猪之被母亲抱着，还在继续哭闹。

“没人打你爹呀，你做梦呢。你爹不是在那边睡着呢么？”

阿浪抱着他，把猪之的小脸凑到父亲身边，猪之用纳闷儿的眼神瞅了瞅，终于不闹了，但还是有点儿不放心。

“猪之，没事啦。你一准是做了个噩梦。外面太冷了，会感冒的，赶紧去被窝里躺着。”

当妈的赶紧让孩子躺了下来，在他的被子上又严严实实地盖了一件衣服。猪之看着母亲的脸，睁大了眼睛说：

“啊，好吓人！刚才有个可怕的人，我不认识……”

“嗯嗯，怎么啦？”

“我爹就在那坐着不说话，那人拿着一个好大好大的铁锤，一直一直打我爹的头，半个脑袋都打碎了……吓死我了!”

“哎呀晦气晦气,呸呸呸,别说这么不吉利的话。”

阿浪皱起眉头。正巧这时候,用颤抖的吆喝声叫卖纳豆的小贩刚好从门外路过,嘟囔了一句:

“唉,真倒霉,草鞋带子断了。”

阿浪的脸色更难看了。她到厨房生火做饭,柴火却怎么也点不着,真是太气人了!窗户总也拉不开,屋里黑漆漆的,她更加恼火了:唉,今天真是诸事不顺。尽管她知道这都是因为最近有烦心事,才搅得一家人内心不安宁,不过要操心的事儿还多着呐!她自己责备了自己一句:快别丢人现眼啦!于是强颜欢笑,故意打起精神来,高高兴兴地伺候丈夫和孩子。但是无论怎么殷勤,毕竟都是装出来的,她笑声的余韵里面带着一丝哀愁,听上去更加凄凉了。

这时候,一个小和尚装模作样地站在门外问:

“这是十兵卫家吗?”

说罢径直走了进来,也没有交代前因后果,就说了一句:

“有事找你,来寺里一趟吧。”

阿浪一脸狐疑,十兵卫也有些丈二和尚摸不着头脑。不过也不好推脱,只得走一趟,去听听大师有何吩咐。他想:事到如今,再上感应寺的门也是徒劳无益了吧。没想到的是,这一去得到的竟然是出乎意料的结果,十兵卫简直不知道这一切是现实还是自己在做梦。

朗圆大师居中而坐，元道和尚坐在他的右侧，为右卫门坐在左侧。元道起身威严地宣布：

“本次敝寺修建五重塔的工程，原本应由川越源太承担。方丈大师慈悲为怀，体察下情，经过反复斟酌，现将工程全权委托给十兵卫。请切勿再做推辞，接受任命，早日开工为盼。”

大师用老迈的声音说：

“十兵卫，你放手去做吧。你干得好，我也会替你高兴的。”

呆瓜又惊又喜，五体投地拜倒在大师面前，全身止不住地颤抖：

“是！十兵卫一定会豁出性命、命、命把塔盖好……”

他的声音哽咽，说不下去了。佛堂大殿里悄无声息，只有他呼吸的声音，一声声真切地传到人们的耳朵里。

二十一

夏天的时候，不忍池里红莲白莲香气袭人，仿佛能够浸透行人的衣服。风吹拂着荷叶，上面露珠滚动。直到红蜻蜓在水草之间飞舞，初霜染白了树梢，夏日的风光终于消失殆尽。荷花凋零，棕褐色的花茎骨瘦如柴地伫立着，白鹭在其中漫步,像是远离了纷扰的人世,这风景倒也颇有情趣。傍晚时分,深蓝色的天幕上升起了几颗闪烁的星星。鸿雁飞过,声声雁鸣为不忍池的秋景增添了几分韵味,助长了客人们的酒兴。

池边有一间叫蓬莱屋的酒家,江户的百姓们经常来这里畅饮。里院的二楼,一个男人正满脸笑意地期待着来客。他身上穿着一件淡雅的细条纹和服,手里拿着镶银箔的烟枪,虽然一看他的穿着打扮就知道是一名工匠,但是一言一行都洒脱高雅,丝毫不会给人粗鄙之感。女侍者阿传与这位客人早就相识,知道他正是大家都要尊称一句“师傅”的木匠工头源太。她一边为饭菜摆盘,做着上菜的准备,一边体贴地问道:

“您等很久了吧?”

源太等得心焦,正觉得无聊,巴不得有个人和他聊聊天,就回应道:

“对呀,这个人也真是不为别人着想,不知道又在磨蹭什么呢。”

“估计是还在梳妆打扮,耽误了时候吧。”

阿传见惯了这样的场面,一边搭着话一边呵呵地笑了。

“哈哈哈,你说得对!待会儿等人来了,你好好瞧一瞧,估计你还没见过这种的呢。”

“哎哟,那我可真得见识见识,好好开开眼!对了,那位客人不会是个演员吧?”

“不是不是。”

“是您女儿?”

“怎么会!”

“是个寡妇?”

“哪能呀!”

“是老太太?”

“开什么玩笑!”

“那……就是个小孩儿!”

“你这个人,怎么老爱拿别人开玩笑呢! 哈哈哈哈哈。”

“嘻嘻嘻。”

两个人正相互逗着趣儿,纸拉门外面有人喊阿传的名字,通知她:

“客人到了。”

阿传赶忙起身,又回头看了一眼源太,脸上露出一个狡黠的笑容,似乎在说:

“这下该高兴了吧?”

阿传故意磨磨蹭蹭地去开门,想让源太着急,原本是要逗他一下,没承想自己反倒成了被取笑的对象——她拉开门,客人不紧不慢地走了进来——哪里是什么时髦的姑娘呀,分明是个既不香也不艳的糟汉子。他不仅头发乱蓬蓬的,胡子拉碴,脸上也脏兮兮的,衣服上到处都是污垢和补丁,一看就不讨人喜欢。阿传吃了一惊，一时连招呼客人的客气话也说不出来了。

源太脸上带着笑意说：

“来吧，十兵卫，这边坐。不用拘束，就盘腿坐着吧，这样舒服。”

他硬拉过犹犹豫豫的十兵卫让他坐下来，等饭菜都上好之后，又把已经喝干的酒杯斟满，对一直没吭声的十兵卫说：

“十兵卫呀，刚才特意让富松把你叫过来，也没什么别的想法，就是想和你重归于好。无论如何我也想找你喝喝酒，叙叙旧，咱们俩好好喝几杯，往日的不愉快就让它过去吧。那天晚上我说的那些过分的话，请你都忘了吧。

“你听我解释一句，那天晚上我真的觉得你不可理喻，气得要命。说来惭愧，我急火攻心，暴躁得很，当时真想打碎你的头。还好我源太的理智还没有完全丧失。后来清吉那个家伙来我家喝酒，喝醉了之后说了些鲁莽的话。那家伙心眼儿也太小了，遇到一点点小事就要斤斤计较，我听了之后觉得好笑得不得了。但是转念一想，那天晚上跑去你家里说的那些话，和清吉说的如出一辙。是我错了，那时候被愤怒冲昏了头。但我是个知错就改的人，不会固执己见的。

“源太也是个顶天立地的男子汉，生怕被大师看不起。你十兵卫能够顾全大局，心一横，主动放弃了五重塔，我如果理解不了你的一番苦心，一味和你闹别扭，早晚是要跌大跟头的。话虽这么说，我又觉得你实在是太不懂人情世故了，这些天还在生你的气。

“我这个人考虑事情的时候，一般都是一碗水端平：要是这样，那边就不好办；要是那样，这边又不乐意。我绞尽脑汁想出一个你我都不吃亏的方案，却被你直接否决了，我气不打一处来，真是忍无可忍。最后，只能去找大师评判。我把我的想法讲明白之后，大师就只说了一句：‘好，好！’我心中的那股阴霾一下子被驱散了，就好像被一股清风吹过了一样，全身都舒畅。昨天大师又特意把我叫了去，夸奖了我一番，还细心地嘱咐我说：‘工程全部包给十兵卫了，但是你也要尽心尽力，助他一臂之力，这也算是你为自己积德。十兵卫手底下没有工人，他开工之后难免要雇些人手，其中肯定会有你的徒弟，你要用心，别让他们与十兵卫之间相互猜忌，闹得不愉快。’大师心思缜密又慈悲为怀，我佩服得五体投地。

“十兵卫，那天我说的话太过头了，请你原谅我吧。我已经把心底的话全说出来了，希望你我之间还可以像往日一样和睦友好。过去的一切就让它过去，就当是一场梦吧！总是相互记恨着，以后也有百害而无一益，你说是不是？往事都丢进这不忍池里，让它们随着水流走，咱们也一笑泯恩仇吧。以你现在的人脉和威信，无论是订购木材，还是雇人，都还有些吃力对吧？我可以全力协助你！丸丁、山六、远州屋这些有名的商号都没和你打过交道，你要是不想被他们看扁了，交涉的时候就把我的名号搬出来，保准管用。梅家的工头锐次那可是个暴躁的家伙，这你也是知道的。他是个硬骨头，要是发起火来六亲不认。但是一旦把工作交给他来干，一定半分也不会含糊，他的为人和手艺真的没得说。修塔最关键的就是地基，风水土火这些因素都必须要考虑到，基础必须十分稳固才行。如果让他来打地基，以他的个性，一准会把地基打得比不动明王①像的岩石基座还坚固哩。等我把他介绍给你吧。你要知道，现在我源太的愿望只有一个，就是好好地协助你、成全你，只要你能把塔修好，我就心满意足啦。

“盖五重塔可是会影响千秋万代的工程，让咱们的徒弟和子孙后代都能看得到。要是没盖好，那可就遗臭万年啦！要是有朝一日，后世的人嘲笑咱们：‘听说源太十兵卫那个时代，为了盖这么一个不中用的东西，还沸沸扬扬地闹了好一阵子呢。’哎呀，那可要丢死人了。十兵卫呀，咱们俩早晚会化成灰，连个影儿都不剩。要是没留下什么拙劣的工程，也还不至于被人耻笑。但是，万一留下来的东西被后世的弟子们笑话，就好像混蛋老子被儿子教训了，那可不比儿子被老子教

①佛教中不动尊菩萨，密宗称“不动明王”，显现愤怒像，使侵扰众生之邪魔畏惧而远离，使众生于修行路上不致动摇善念。

训，真是没脸见祖宗啦！我宁愿活着被千刀万剐，也不愿死了之后被人数落，那可比往伤口上撒上盐再凌迟一遍还难受哩。

“最开始的时候我也没想这么多，但是你一个劲儿和我竞争，我也不愿意服输，琢磨着：竟然有人说十兵卫盖的塔不比源太差？那我源太偏要盖一个，让你们看看我的手艺。现在想明白了，也就不会拘泥于那种幼稚的好胜心啦。真盖成了一座宝塔，你扬了名，我也跟着高兴。今天就说这些吧。你看你的一双眼睛忽闪忽闪的，眼泪都快掉下来啦。你能听我说完这些话，真是太好了。”

源太是个如假包换的爽快江户儿郎，一点儿也没遮遮掩掩，就这么坦坦荡荡地把心里话和盘托出。听到他不仅没有责怪自己，反而如此好言相待，十兵卫颤抖着匍匐在榻榻米上：

“师傅，请原谅我什么也不会说。十兵卫嘴太笨了，谢谢……谢谢您！”

十兵卫笨拙地行了个礼，趴在那里哭了起来。

二十二

虽然十兵卫并没说什么，但是源太看到他真情流露的神态和举动，也是十分喜悦。他一脸春风，口气也愈发温和了：

“即便大师没有煞费苦心地教育咱俩，你我之间能够消除隔阂,一起合作,也是对咱们两个都好的事情。哈哈哈,心情真是好极了。来吧来吧,十兵卫你今天也敞开了喝吧,我今晚可是要不醉不归。”

源太一边说着,一边从旁边的架子上取下一个包袱,解开绳结,里面放着两沓资料。他把这些都放到十兵卫面前,说:

“这些东西现在我也没用了,都交给你吧。一个是为了修五重塔费尽周折查找到的各类木材的特性,还有人手、运输以及其他各项费用的预算书,都是我熬了好几晚才做好的;另一个是经过反复斟酌才画好的图纸,为了它也真是费尽了心思呀。既有各层屋檐的详细结构图,也有基础的平面图。你看,这是第一层塔的内部设计,二段斗拱或者三段斗拱的结构图,也有各种云形、水纹、花草、动物的雕刻图案什么的;这个最麻烦,标明了中央立柱到各个部分的内距,横板挡板壁板窗板门槛等等所有构件的尺寸;还有这个,是外廊的地板,还有地板下面的横木支架、柱础、栏杆扶手、斗拱、柱子之间的横木、四角梁木,所有这些采用什么材料和详细的计算方法,墨线的画法、角尺的用法等等,我都无一疏漏地写在上面了。其中也有我川越家祖传的建筑图样和修造方法,之前从来没有外传过。这里还有一些京都和奈良有名佛塔的图纸,全都交给你吧!对你多少会有些帮助的。”

源太说完,把自己精心准备好的资料毫不吝啬地拱手相让。十兵卫虽然知道这是他的一番好意，源太也确实对自己宽宏大量，倾其所有，但是呆瓜也有呆瓜的骨气，他可不爱做这种拾人牙慧、捡现成便宜的事儿。于是他说：

“师傅，真的太谢谢您了。您的心意我领了，这些东西请收回去吧。”

虽然是无心的，但是他拒绝的口气未免太过于生硬了。源太原本十分欢喜，以为十兵卫会欣然接受，听了他的答复之后气不打一处来，他压住怒火问道：

“这些东西你都不要，是不是？”

呆瓜还是没听出他话里的愤怒，直愣愣地回答：

“这些东西，就算是您给了我……”

他话才说到一半，急脾气的源太已经暴跳如雷了：

“好啊，好啊！我对你已经是仁至义尽了！连我自己费了这么多心思和工夫画出来的图纸都白白送给你，没想到你还看不上了？十兵卫呀，你这是觉得你的手艺好，根本不需要旁人的协助对吗？原本一开始你和我作对的时候，我心里就已经很不乐意了，但是我忍住了，没和你一般见识。放在平时，受了我的恩惠还要和我抢活儿干，那种忘恩负义的家伙我肯定不能轻易放过。但是对你，我是想好好栽培的，连半句抱怨的话都没说过，也没有暗中给你使过什么绊子，这些你都忘了吗？

“听了大师的教诲以后，我也是想方设法，尽量想让你满意，还特意去找你商量。结果呢？你偏偏和我闹别扭，犟着不答应。出了这种事儿，原本已经是忍无可忍了，但是我还是咽下了这口气，就是因为太器重你！你真的觉得就因为你十兵卫自己运气好、本事大、为人正直，大师才放心让你干这个工程吗？还是你觉得我给你这些资料，是为了让你记得我源太的人情？我看你这小子，稍微给你点儿颜色，你就想开染坊啦。别人的图纸是这么容易就拿来送人情的东西吗？既然你不要，那我还不乐意给了呢。你这个不识好歹的东西！

“要我是你呀，就兴高采烈地收下来，事后再找个机会好好地道个谢说：‘您看，多亏我借鉴了您这里面的一两个设计，要不然还真是不好办了呢。’这才是懂人情和礼数的人该做的事儿。而你呢？连翻都不翻、看都不看一眼，就装模作样地说你根本用不上。你个呆瓜十兵卫，也太狂妄自大了吧？你是认为你自己的本事大了去了，对我源太的这一套都不屑一顾了，是吧？

“说句实话，就你那点儿本事，有几斤几两我也是知道的。让你来修这个五重塔，哪里容易出问题，我可是老早就看出来了。以后我不会再容忍你蹬着鼻子上脸了，不过你放心，我源太也不会使什么损招儿去祸害你，但是这一口恶气早晚都要出。我一直煞费苦心地规劝你，现在嗓子都哑了，以后再也不说了，一个字也不会对你说！真是失望透顶，傻瓜才会再费工夫栽培你呢！俗话说，君子报仇，十年不晚。今后我会在暗中死死地盯住你，早晚要让你知道我的厉害！”

两个人原本就不是一类人，性格迥异，话不投机，又接二连三地闹出了这些争端，早就无法愉快地相处了，这下撕破了脸皮，落得一个无法收拾的下场。源太突然放低了声音，对十兵卫恭恭敬敬地用上了尊称：

“十兵卫阁下，这些您是不需要了对吧？那我就收回去了。您一个人修建起来的五重塔一定会十分坚固的，就连地震和飓风也不会伤害它分毫吧。”

源太的语气虽然随和，但是十兵卫还是听得出来他话里的嘲讽，心中自然也有些不舒服，于是他下定了决心一般回应了一句：

“呆瓜十兵卫也是懂得礼义廉耻的。”

源太闻言狠狠地盯住十兵卫的脸，阴阳怪气地说：

“哟，这话说得真好！我记住了。”

说罢两人再无言语。过了一会儿，源太突然站起身来：

“哎，我忘了一件极要紧的事儿。十兵卫阁下，请您尽情享用吧！我先失陪了。”

他像一阵风一样站起来，瞬间就算好了账，扔下几个饭钱后转身离开了蓬莱屋。前脚刚从这边的大门出去，后脚就拐进同一条街的另外一家馆子里，嘴里嘟囔着：

“烦死了烦死了，真是无聊，我简直是个傻瓜！你们赶紧的，别磨蹭了，快拿酒来！别在那儿点蜡烛了，那个又不能当饭吃。笨蛋，只有菜哪里喝得下酒去？快去把小兼春吉阿房蝶子还有那些阿猫阿狗的都给我喊来！再找个脚力好的年轻小子，去我家里，把阿清阿仙阿铁阿政他们，不管谁都行，全都叫过来一起玩！”

说话的工夫，他已经喝了好几杯。姑娘们不久就都来了，源太一脸不耐烦地冲着她们吩咐：

“别在那里请安了。快来，喝酒！一个一个给我倒酒，把酒壶递过去呀。阿房别在那儿装样子了，你当你自己是个贵妇人吗？哎呀小蝶你再这么呆头呆脑的，我可要在你头上点炮仗了！来吧，唱吧！赶紧唱起来。小兼唱得好！要跳舞？那就跳得再欢快点儿！哎呀清吉来啦？阿铁也来啦！赶紧吧，大家闹起来，玩起来！今儿个我有喜事，都不用客套啦！”

师傅兴致正高，之后进来的阿仙阿政他们见状，也都肆无忌惮地闹腾了起来。就算天棚塌了、地板破了也不怕，修修补补那可是木匠的看家本事。一群人又跳又叫又闹的，姑娘们表演的歌舞也已经没了正形儿，小伙子们一起唱着民谣，声音大得吓人。男男女女趁着酒兴跳着滑稽的舞蹈的时候还滑了一跤，摔得东倒西歪。阿铁拿起涮酒杯的水缸，在大鼓上变戏法儿。清吉在阿房身边躺着，俩人一起练唱词：

“头戴银钗摇，为君翻醋坛。”

一群年轻人又吵又闹，乱哄哄的，只有阿政板着脸，旁若无人地放声高歌，嗓音没见得比他干活喊劳动号子的时候柔和多少：

“北有青山，巍峨壮观。”

这么闹着闹着，又喝酒划起拳来。游戏也玩得越来越下流，姑娘们输了就脱衣服，最后身上的和服一件不剩，只能在肚脐下面贴张纸来遮羞。

这时候，源太一声令下：

“行了，咱们走吧！”

接下来一行人又不知要去哪里继续玩乐了。

二十三

在天空中翱翔的老鹰每时每刻都全神贯注，只要看到了白鹤的踪迹，就会俯冲下降，迅速地穿过云霄，迎着风瞄准自己的猎物。除非叼住白鹤的脖子将它擒获，否则绝对不会轻易罢手。

自从十兵卫开始着手修建感应寺五重塔，无论白天黑夜，就只为这一件事上心。嘴里吃着早饭，心中想着五重塔；就连夜里做梦，他的魂也飘在塔顶的法轮之上。一干起活儿来，连自己的老婆孩子也抛到脑后，既不念过去，也不想未来，全心全意扑在眼前的工程上。每挥动一凿子，都铆足了力气去凿木头；每画一张设计图，也都尽心尽力地去勾画和设计。

江户城的市井之中，家家户户鸡犬相闻，充斥着家长里短的喧嚣。红白喜事场上熙熙攘攘，各种应酬和交际不断。十兵卫一个堂堂五尺男儿却能够做到专注于自己的工作，不被世俗纷扰所困，一心一意修建五重塔。起初，他心中也曾回想过那天晚上源太对他说的话，但是随着工程的向前推进，他对人情世故愈发的迟钝呆滞，只把那些话当作一阵耳旁风，不久就忘得干干净净了。他对生活中的一切都没有兴趣，感情十分淡漠，只有在工作的时候无比热忱。那股劲头，简直就像是一头只会默默耕耘的倔强老牛。

感应寺的五重塔名为生云塔，开工程序异常烦琐：首先以金箔、银箔、琉璃、珍珠、水晶五宝，丁香、沉香、冰片、乳香、白檀五香，还有五药、五谷等祭品祭祀大土祖神①、埴山男神和埴山女神等一众守护土地的神灵。其次举行奠基仪式，顺利地挖开地面清理土壤，按照月份时令顺时针放置奠基石，祭拜天上的五星。之后举行木工开工的动斧大典，逐一祭拜创制冶炼之法的天目一之神、木匠的祖先手置帆负之神以及彦狭

---

①大土祖神：与后面的埴山男神、埴山女神同为日本神道教中土地的保护神。

知之神、思兼之神、天儿屋根之神、太玉之神、木神等七位神明。动斧大典过后还举行了清刨大典[①]。

此后进行的是立柱仪式。在东西南北四个方位竖立起象征佛教四大天王——东方多罗吒持国天王,西方毗留博叉广目天王,南方毗琉璃增长天王,北方毗沙门多闻天王——的四根柱子,祈祷四天王守护四方之柱不动如山、万年不倒。又祭拜了天星、色星、多愿三位玉女女神和北斗七星中的贪狼星君、巨门星君[②]等等,祈祷众神庇佑五重塔。十兵卫依次在每根立柱的楔子上象征性地打了三下,然后让工匠们将柱子箍紧。经历了千辛万苦才走到这一步的十兵卫,此时沾满污垢的脸上容光焕发,神采奕奕。

仪式过程中,十兵卫带头唱起木匠们代代传承的古老赞歌。嘴里吟唱着"下津盘根之栋梁",他发自内心地感到喜悦,当唱到下一句"立身传世美名扬"的时候,不禁微笑着重复了一遍。他面向祭坛,恭恭敬敬地行礼拜祭,拍手声[③]清脆响亮,祈祷动工顺利的仪式终于全部完成了。另一边,同是木

---

①传统日本建筑工程开工的仪式之一,将梁柱、立柱等加工好的木器构件放在神社的祭坛前净化。

②道教称北斗七星为七元解厄星君,即:天枢宫贪狼星君,天璇宫巨门星君,天玑宫禄存星君,天权宫文曲星君,玉衡宫廉贞星君,开阳宫武曲星君,摇光宫破军星君。

③在日本神道教的礼仪中,讲究"二拜二拍一拜",即鞠躬两次,拍手两下,向神明许愿之后再鞠躬一次。

匠工头的源太家,却是一派门可罗雀的凄凉情景。

源太终究是个坚强的男子汉,尽管心中不忿儿，但是表面风轻云淡,喜怒不形于色。可是他的老婆阿吉,无论平日里再怎么心胸豁达,毕竟是个妇道人家,每当听到出出进进的人谈起感应寺五重塔的工程已经奠了基、昨天还举办了立柱仪式之类的闲话,她就浑身不自在,忍不住妒火中烧:

“十兵卫你个恩将仇报的浑蛋,我家男人心宽,不和你计较,你倒是蹬鼻子上脸啦。现在鸠占鹊巢,名声大了起来,也不知道上门来我们家赔罪,反倒是一副趾高气扬的模样,一天比一天瞧不起人了。唉,我家男人也太重情重义了,相比之下,这个呆瓜实在可恶!”

她心中怒火难平,咬牙切齿。梳头的时候心情烦躁,将鬓角的头发胡乱向后一拢,还拿自己的头发出气,恶狠狠地揪下来好几根。乞丐到门口讨一文钱,她也大声呵斥着断然拒绝。有一天恰逢源太出门不在家,一个相识已久的熟人——道益大夫来源太家里串门。这个人喜欢打听小道消息、搬弄是非,聊了一会儿别的闲篇儿之后对阿吉说:

“前一阵子有人带我去蓬莱屋吃饭,女招待阿传把她听到的事情原原本本告诉我啦。哎呀您家那位真是个大英雄,太让人敬佩啦。男人就该像他那样儿呀。”

这听似无心的一番话一半是为了奉承,实际也是炫耀自己的消息灵通,阿吉闻言便细细打听了一番。不问不知道,得知了那晚的前因后果之后,她对十兵卫已经到了恨之入骨的地步。两家积怨已久,阿吉的怒火终于要爆发了。

二十四

“清吉,你这个没用的东西,什么都指望不上你! 你为什么不对我实话实说呢? 那天晚上究竟是怎么一回事,啊? 你是不是可怜我是个多愁善感的女人家,所以不敢说呀? 你未免也太小瞧我了。你给我听着,我才不会觉得没面子哩,那么一点儿小事,我也不至于大惊小怪的。

“我家男人也总是不把我放在眼里,他觉得我就是一个妇道人家,只要老老实实蹲在家里就好,外面的事儿什么也不用过问。姑且不论他是怎么想的,现在连你也把我当成聋子、瞎子,简直是岂有此理! 而且你这个做徒弟的,明明知道师傅心里不舒服,还若无其事地陪着他胡闹,买醉,玩女人! 男子汉大丈夫,就这点儿本事了? 清吉你真是厉害呀,到现在了还能悠闲地跑来串门子。若是平时,你师傅不在家我也会给你酒喝,但是今天我可没有那个闲工夫伺候你,连一片海苔也不想给你烤,也懒得和你聊天解闷。你要是想喝酒,自己去厨房拧开酒桶喝去吧! 要想说话就去对猫啊狗啊的说去吧!”

也该清吉倒霉,道益大夫刚离开不久,他就跑过来串门了。清吉哪里知道其中的原委，劈头盖脸地被阿吉一顿臭骂，吓得结结巴巴的话也说不出来。他原本就对这件事一无所知，等搞清楚了蓬莱屋那天的来龙去脉，也是火从心头起：

那个呆瓜着实可恨，师傅对他恩重如山，自己把师傅看得比命还重要，而十兵卫那个浑蛋却狗咬吕洞宾——不识好人心！枉费了师傅一直以来待他不薄，而他这样行事，简直就是把师傅的脸踩在了脚底下！不行，绝对不能轻饶了那个混账东西！

不过，师傅和十兵卫两个人的身份悬殊太大。要是师傅和呆瓜那种人一般见识，和他争个高下，那就好像拿夜明珠去砸一个小石头。师傅是个内心强大的汉子，心里再怎么生气，表面也要强忍着，对外人从来不会吐露心中的愤懑。唉，师傅也太可怜了！不过即使不跟别人说，至少应该告诉我吧？要是让师傅出面去和十兵卫理论，那可真是自降身份，怎么说都是我们这边损失更大一些。但是如果我去找呆瓜评理，那就没关系了。好吧，十兵卫你这个混蛋，我一定得让你长长记性！

“师娘，原先我并不知道这件事情，请您别生我的气！现在既然知道了，我就不会坐视不管，也不能只在这里低着头战战兢兢地挨您的骂。师娘问我清吉除了会玩女人，到底还有没有别的本事？那您就在家等好儿吧。我走了。”

清吉扯着嗓门对阿吉说完了话，一把拉开木格子大门冲到外面，也来不及关上门，就连放在门口的草屐也没穿，就一阵风似的跑了，头都没有回。阿吉这才反应过来，赶忙在他身后追赶，喊了两三声想把他叫回来。但是喊到第四声的时候，清吉已经跑得老远，连个影子也看不见了。

二十五

砍木头的声音，刨木板的声音，还有钻孔、钉钉子的声音，叮叮当当此起彼伏。感业寺内修建五重塔的工地上，众人正忙得热火朝天。木屑纷飞，好像疾风卷着落叶翻滚；锯末漫天，恰似晴空里飘下朵朵雪花。一群工人正在辛勤劳作着，有的系着藏青色的木工围腰，上面带的工具太重，挂在脖子上的带子都要勒进肉里去了；有的身材苗条，穿着细筒裤，脚蹬一双草屐，手脚麻利地干着活儿；也有邋里邋遢的老爷子蹲坐在太阳底下，把脏兮兮的手巾搭在肩上，不紧不慢地磨着凿子；有几个年轻的学徒找不到工具了，慌慌张张地到处乱跑；还有不停地锯着木头的短工……工匠们都在卖力干活，即使深秋的天气已经转凉，大家也都是满头大汗。

人称呆瓜的十兵卫作为修建五重塔的总监工，手里拿着墨瓶、墨尺和矩尺，指挥着工人们按照他心中所构想的五重塔的雏形有条不紊地进行建设。这里这样凿，那里那样搭配，那边又要如何操作，凹进去多少凸出来多少，光嘴上说说可不行，他还要用墨线画好规范。遇到比较麻烦的地方，就用矩尺在木片上描出式样展示给工人们看。十兵卫瞪着一双鹰隼一般锐利的眼睛，死死盯住每一个干活的工人，丝毫不敢有所放松。

清吉冲进工地的时候，他正在帮一个年轻的工人设计一幅雕刻的图案。奔跑过来的清吉像只发狂的野猪，脚下扬起尘土，飞快地冲了过来。他一脸怒气，脸涨得像一块烧红的火炭。看到十兵卫之后，立刻两眼圆瞪，眉毛倒竖，大喝了一声：

“呆瓜你这个畜生，去死吧！”

十兵卫闻言吃了一惊，刚回过头，清吉已经铆足了劲，手里拿着木工惯用的工具——一把打磨得油光锃亮的长柄斧头，用劈山开岩的力量朝他砍了过来。十兵卫一时无法招架，也来不及躲避，他的左耳瞬间被削了下来，左肩也被砍到了一点。

清吉大声嚷着：

“砍偏了！再来！”

眼看着清吉穷追不舍地追着自己还要砍，十兵卫手里没有武器，也没办法自卫，只能抓起钉箱、木槌、墨瓶、矩尺这些手边的工具朝清吉扔过去。眼见清吉的速度有所减缓，十兵卫刚想回头逃跑，却不小心一脚踏进了放在地上的工具箱，刚巧踩在一根五寸钉上,随即摔倒在地。

清吉抓住这个难得的时机一步上前,抡起斧头就要砍。夕阳照在锋利的斧刃上,在空中划过明晃晃的一道亮光,就像一道闪电从天而降。说时迟那时快,他突然听到背后传来一声断喝:

“你个小兔崽子,还不住手!”

声音比猛虎的咆哮声还要震慑人心。那人不由分说,上前照着清吉的小腿肚子猛踹了一脚,一下子就把他踢倒在地。清吉怒不可遏,忽地蹿起来,正要还手,他的领口已经被对方牢牢地揪住了。

“喂,是我呀! 你是杀红了眼了吧,笨蛋!”

说罢,那人轻而易举地夺下他手里的斧子,扔在了一旁。再看那人的相貌,一双藐视四方的铜铃眼,扁平的一字嘴,鼻孔微张,鬓发卷曲,真是比不动明王还要威武。此人脾气火暴,正是被人称作炸药师傅的梅家工头锐次。

“唔,这不是炸药师傅嘛! 我自有我的道理,放开我!”

清吉奋力挣扎,焦躁地嚷嚷着,想要挣脱对方的禁锢。锐次却没有松手,用斗大的铁拳牢牢地摁住了他:

“嗯? 再敢乱动我就揍死你,笨蛋!”

“师傅,我不行了,你快放开我……”

“糊涂蛋!”

“啊呀师傅,你不知道内情,我一定要杀了那个家伙!”

“你个胆大包天的!看看你那个熊样儿,再不老实,就让你尝尝我锐次的拳头!”

“师傅,饶命呀!”

“笨蛋!别吵了,看我不打死你!”

锐次说罢,抡起拳头就是一顿暴打。

“您听我说呀,师傅……”

“笨蛋,还敢说话?以为我揍不死你吗?”

“师傅!”

“笨蛋!”

“放开我!”

“闭嘴!”

“师傅呀!”

“笨蛋!”

“求您不要打了!放开……”

“闭嘴吧,笨蛋!”

“师……”

“笨蛋!”

“放……”

“笨蛋!傻瓜!糊涂虫!噢,活该!这下老实了吧?小兔崽子,别在这儿丢人现眼了,赶紧跟我回家!哎,这是怎么了？这小子晕过去了。真是个没出息的软骨头！喂，过来几个人，刚才都忙着干什么去了？现在才过去围着十兵卫乱转？一群混蛋！这儿要出人命了，蠢货，快打点儿水来给他浇醒了。那边那个白痴，掉了的耳朵还捡它做什么？快打水来！不用管那么多啦，把一桶水直接浇在他脸上！像他这样的小兔崽子，不一会儿就能活过来了。好啦！清吉，振作点儿！别这么没志气。唉，算了算了，我背着他走吧。十兵卫肩上的伤没大事吧？嗯嗯，行了行了……你们这群笨蛋，我走了。”

二十六

“源太在不在？”

锐次刚走进门来，阿吉马上站了起来，迎了过去：

“啊呀，师傅来了，这边请。”

锐次径直走到火盆旁边，丝毫没有客套，直接盘着腿坐了下来。他接过阿吉端过来的樱花茶，两口就喝掉了大半碗。喝完水他才抬起头，盯着阿吉的脸说：

“你脸色不太好，怎么啦？源太他人呢？想必你也听说了，清吉那个小子捅了大娄子，我就是为了这件事情来的。

“哦，这样啊，他已经去十兵卫家了？哈哈哈，动作挺麻利的呀，不愧是源太师傅。没想到他这么快就过去了，有担当！他是个靠谱的真汉子。哎，阿吉呀，你也不用着急，只要源太愿意,给十兵卫和朗圆大师他们道个歉就行,就说是他管教不严,才让手底下的人私自跑出去闹事,干出这种莽撞失礼的事情。只要诚心诚意地多磕几个头,对方也不能怎么样。要是那边真的不依不饶,那就让源太大大方方地把责任承担下来,也算是给这件事儿一个交代吧。我呢也隐隐约约听到了一些闲话,十兵卫也有做得不对的地方,也该他有此一劫,就是被砍掉了半个一个耳朵的,也没什么可抱怨的。清吉这个孩子,脾气一向是这么暴躁莽撞,这次的事情对他来说也算是一个教训吧。哈哈哈,不过这个可怜的小子被我揍了好几拳,疼得直求饶哩。我刚才问他:‘你要是真把十兵卫杀了,这事情怎么了结?’他这才回过味儿来,说:‘啊啊啊,是我的错,我太冲动了,差点儿犯下了大错!还得要我师傅出面去给人家赔不是……唉,真是太对不起了。’

“他后悔得吧嗒吧嗒直掉眼泪,都忘了自己还浑身是伤呢。他那副可怜的样子,实在太招人疼啦!阿吉啊,源太这回肯定要狠狠骂上清吉一顿,可能还会让他去给十兵卫道歉,按理说,这也是情理之中的事儿,没法子嘛。但是也请你想想办法……嗯嗯,无论如何也要让他……对对,不愧是和源太同床共枕的阿吉妹子,你肯定有办法的哈哈哈。今天既然源太不在,那我也没啥可说的了。回去了!你的饭我下次再吃。要是有什么事,随时可以来找我。”

锐次絮絮叨叨地说了一阵子话,就起身告辞了。阿吉左思右想,觉得自己的那番话,真是害人不浅。她心想:都怪自己心眼儿太小,咽不下这口气,才去挑唆清吉。清吉呢,又是个年轻气盛的,还真就跑出去闯出了大祸。最后闹得没法收场,还得让我家那口子去给那个可恶的呆瓜赔礼道歉。虽说事情也是赶巧,不过到底是从我嘴里惹出来的祸端,唉,得想个办法呀。

阿吉把手肘撑在火盆的沿儿上,绞尽脑汁地冥思苦想。直到胳膊一个不小心从火盆沿儿上滑下来,她才终于想出来一个主意:

“就这么办吧!对呀。”

她站起身,拉开衣橱的大抽屉,一股麝香的气味扑面而来。她东拉西扯地拽出自己出嫁时带过来的腰带,那条腰带曾伴她度过了初为人妇时欢喜娇羞还有些许恐惧的青春岁月。还有那些她央求源太给她买的博多腰带和绸缎腰带,都拿出来当了吧。回想她身着华丽的和服、无忧无虑的少女时代,就像一个遥远的梦境,现在的她只能整日操劳,围着火盆忙得团团转。她又随手抽出一件八丈绸,还有最近流行的万条纹。管它是什么花纹的呢,现在她心情不好,满脑子只有自己的丈夫。

她只有一条从中国进口的丝绸腰带，还是那个在武家[1]做过下人的叔母留给她的纪念品，一直都好好珍藏着。事到如今，也没什么舍不得的了。她一口气把这些衣物都拿出来，让女佣包好。趁着她丈夫还没回来，又赶紧把梳子簪子什么的都装在小首饰箱里，全部送进了当铺。她把换来的钱揣进怀里，头戴浅黄色的头巾，提了一盏小灯笼，走着夜路往锐次家里去。

二十七

自从在不忍池边闹翻了，源太一改往日对十兵卫的看法，起初见他手艺精湛，还挺喜欢他的，现在可真是烦透了这个呆瓜。一想到自己要对那个讨厌的木讷男人恭恭敬敬地低头道歉，他就气不打一处来。但是如果这件事他不出面，别人就会觉得是他源太在背后指使清吉，故意去报复十兵卫，平日里一向清清白白的好名声，如今就这么被抹上了黑。不过非要逼着自己去做不情愿的事儿，源太心里也是极其不痛快的。转念一想，都怪清吉那个笨蛋一时冲动，做出这种混账的行为，而自己不得不去为他善后，更加没办法心平气和了。但是这件事情早晚得处置，他只能硬着头皮来到十兵卫家里，一是对

---

①武家是日本的武士家庭，幕府统治时期身份和地位比平民高。

他无端遭此横祸表示慰问,二是为自己没有管束好徒弟清吉而向他道歉。他小心翼翼地观察十兵卫夫妇二人的态度:十兵卫还是像往常一样沉默不语,他妻子阿浪语气温和地对源太说:

“幸好肩上的伤口不深,不太要紧,请您不必担忧了。没想到您还特地过来探望,我们真是担待不起。”

态度虽然和气,但是语气却一反常态,显然是话里有话。源太心里明白,她在怀疑清吉光天化日之下有胆量去工地行凶,一定是他源太暗中指使的。

源太在心里琢磨:

太气人了,估计连十兵卫也认为我就是幕后黑手了。等到时机成熟,一定得好好报这一箭之仇,洗刷我的污名!我源太是什么人?像清吉那种卑鄙小人的勾当,我才不屑于去干哩!即使我想要报复,也不可能做出用斧子砍掉人家一只耳朵这种无聊的事情。我的愤怒才不会像薄薄小木片那样,随便点个火就烧尽了。我既不和你闹脾气,也不会意气用事,今天你遭的这场横祸和我一点儿关系都没有,总有一天我要让你领教我源太的手段!

他心中波涛汹涌,但是表面上却没有显露出分毫。该尽的礼数他都做得滴水不漏,向十兵卫夫妇赔罪之后又马上到感应寺求见大师,为自己手下此等鲁莽的行为向大师道了歉,之后就回家去了。他想接下来再去见见锐次，感谢他在千钧一发的时候及时制止了清吉，也想仔细问问当时的情况。还有一件事，就是臭骂清吉一顿，让他以后再也不许进自己家门。他从家里临出来的时候发现阿吉不在，觉得有些奇怪，于是问女佣：

“她去哪儿了？”

女佣若无其事地回答：

“说是出去一下。”

岂不知阿吉早就吩咐她别告诉源太，自己已经去锐次那里了。

“这样啊……好吧，那等她回来告诉她，我去炸药师傅那里坐一会儿。”

源太趿拉着草履刚走出门，迎面看见一个老太婆正朝这边过来，她手里拄着一根斑竹拐杖，另一只手提着一个带着烧焦痕迹的旧灯笼。老太婆步态迟缓，弯腰驼背，正一步一步朝这边慢慢走来。

“哟，这不是阿清他娘吗？”

“啊，是师傅呀。”

二十八

老太婆急忙踉踉跄跄地迎上来，问道：

“哎呀,刚好碰到了您,请问这是要去哪儿呀?”

源太冲她点了点头:

“没什么事,请进屋吧。大晚上的走夜路过来,是有什么急事吧?进来说给我听听吧。”

说罢他又折返回自己家里。

“好咧好咧,谢谢您啦。您看您正要出门,真是太不好意思了。”

老太婆一边点头,一边跟着源太进了大门。源太亲切地对她说:

“这大冷天的,夜路不好走吧?阿吉也不在,实在是招待不周。别客气,请往前坐一坐吧,这边有火,暖和。”

老太婆听他这么一说,更拘谨了,全身都缩成了一团:

“好咧好咧,您快别张罗了,我真是受不起。我身上揣了一个怀炉呢,不冷不冷。”

她用皱巴巴的袖子擦了擦鼻子下面不停往下淌着的清鼻涕,只是远远蹲在门口附近,好像有话要说。她的来意,源太早就猜到了八九分,此时更觉得她身世悲惨,值得同情。原本源太正要去锐次家把清吉大骂一顿,为了惩戒他犯下的大错,还连累自己也为他劳心费力,这段时间就不许他再进家门了。但是看到这个孤苦伶仃的老太婆,她除了清吉这个宝贝儿子之外,每日就只有佛祖相伴了——他越发可怜起眼前这个孱弱的老妇人来，心想：

要是连我也不管清吉了，那他的老母亲真是一点儿指望都没有了。连活着的意义都没有，生命还有什么希望呢？她的余生大概会在叹息和悲哀中度过，整日以泪洗面吧？儿子指望不上，那对她来说，就再也没有轻松快乐的时候啦。

源太越想越觉得于心不忍，一边捻着烟草，一边默默沉思。老太婆稍微向前挪动了一下身体，终于开口说道：

"大晚上的还过来叨扰，真是对不住您。我有件事想求您，好咧好咧，想必您也已经知道了，听说我家清吉那个不争气的小子，这回闯了大祸了，好咧好咧，铁五郎大人把大致的情况都跟我说了。他一向是个急脾气，总是嚷嚷着要打人呀砍人的，我也总为他提着一颗心呢。多谢您的栽培，让他长成了个大小伙子，但是他天性还是和小孩子一样没轻没重的。他这小子绝不会动什么坏心眼儿，也不会不走正路的，但是他这个火爆的脾气一上来，马上就没了分寸，真让人为他捏一把汗呀。好咧好咧，但是请您一定信我一句，他绝对不是那种有歪心思的人！好咧好咧，您说您知道？好咧好咧，那太谢谢您了。其实我也不知道这次又是为了什么，就动起手来了……就听说他还胆大包天，竟然敢拿着斧子砍人啦。人家把这个说给我听的时候，我就觉得好像是我被人用斧子砍了一样。多亏了梅家的师傅在，把他制止住了，真是不幸中的万幸！要是真把那人砍死了，那……那他就成了杀人犯啦……要是他没了，就剩我一个糟老太婆，我活着还有什么意思呀……唉，谢天谢地。

“他从小就体弱多病，真是让我操碎了心。多亏有中山[①]的鬼子母神[②]大人保佑，他才能健健康康地长大成人。我之前许了个愿，如果上天保佑他平安长大，我们就在他七岁之前回庙里还愿去，也让他踩踩庙里的土，沾沾福气。但是一直没顾上这事儿，可能就是因为这个才遭了报应吧，他身体虽然壮实了，脾气却越来越鲁莽。平时就总给您添麻烦，这次又捅出了这么大的娄子。铁五郎大人把事情说给我听的时候，哎呀，我可真是吓得魂儿都没了。听说他身上还带着凶器，我心想：哎呀这个作孽的又要闯祸了，真是又惊又怕，心都快操碎了。又说梅家的师傅已经把他收留了，我虽然放了心，还是忍不住多嘴问了一句：‘我家阿清受伤了没？’

“阿铁大人听我这么问他，回答得含含糊糊的，话也没说明白，只是撂下一句：‘他没有生命危险，你就别担心啦。’

“他这么一说，我的心又悬起来了，赶忙问他梅家师傅住在哪里。

---

①今千叶县市川市一带。

②中国民间称送子娘娘。在佛教中形象为中年妇女，身边围绕着一群小孩，手抚或怀抱着一个小孩。

“‘我也不清楚你是该去还是不该去，无论如何，你先去源太师傅那里走一趟吧！’

“阿铁大人说完就走了，我心里那个难受呀，真是又急又气。所以就拜托隔壁的修伞匠给我看家，夜路也不好走，磕磕绊绊地终于走到您这里来了。请您告诉我梅家的师傅住在哪里吧！好咧好咧，我准备马上就过去。不知道那小子伤成什么样了，是不是杀人不成，反倒被人伤得不轻啊？真想赶紧看到他，好让我这个老婆子安心，也得好好问问他这回为什么打架。我相信他的为人，不会无缘无故就掏出斧子来砍人家。但是毕竟他还年轻，要是这次的事儿都赖他，那我这个老婆子就是豁出命去，也要向十兵卫大人赔罪！我已经老了，不中用了，他还年轻呢！可不能让人家记恨他一辈子呀。”

老太婆说着说着，眼泪不由自主地掉了下来。她不晓得事情的来龙去脉，只是一心想着自己可怜的儿子，一遍又一遍地唠叨着。源太此时实在不知道该说些什么，才能安抚一下面前这个可怜的老妇人。

二十九

“八五郎，你去看看是谁来了？开门去！”

听到锐次师傅招呼他，八五郎跑到门口一看，嘴里小声嘟囔着：

“好像是个女的哩。都这个点儿了,谁会来找我师傅呢?他可是一向都不喜欢招惹女人的呀。”

他咔嗒一声拉开门,说了一声:

“请进。”

“小八兄弟,打扰了。”

客人低头把灯笼吹灭了,摘下头巾。八五郎定睛一看,原来是在盂兰盆节和过年的时候都给过他赏钱的阿吉。此时八五郎身上只披着一件棉袍,扣子也没系,他赶紧拢上棉袍的衣襟,遮住脏乎乎的兜裆布,扯着嗓子朝里屋通报:

“师傅,那个,就是……那位嫂子来了。”

一听见他“那个那个”的,锐次心里已经猜到了是谁,他也是个人情练达的江户儿郎,立即心领神会,招待起客人来。

“啊,是阿吉来了呀?欢迎欢迎,你自己找个干净的地方坐下吧。小心,我家可有蟑螂到处爬哩。家里都是男人,脏也没办法。我要是也有你这么好的老婆,肯定收拾得干干净净啦。哈哈哈哈。”

他边说边笑了起来,阿吉也笑着说:

“你要是真有老婆,说不定她也只会天天恶狠狠地骂你:‘太脏了,太脏了!’”

两个人先说了几句玩笑话,阿吉这才正了正姿势,问道:“清吉睡了吗?我想来瞧瞧他,心里一直放不下,就贸然大半夜的过来了。”

锐次点了点头：

“阿清刚睡下，睡得挺熟，一时半会儿应该醒不过来。他身上没受什么伤，脑袋也好好的。刚才接骨的大夫说，他之前是因为心情太亢奋，又被我狠揍了一顿，所以一时撑不住晕过去了，不会有什么大事儿。你要是想看，就进来看看吧。”

锐次领着阿吉来到里屋。清吉躺在只有三个榻榻米大小的小房间里，正做着美梦。他的脸和头肿得很高，可见这回锐次是真下了狠手的。阿吉看着清吉伤成这个样子，默默地心疼着他。然而事情已经发生，而且也是清吉先出手伤人，现在说什么也于事无补了。离开清吉的房间，阿吉对锐次说：

“我家男人肯定会因为清吉多管闲事而大发雷霆，而且还得要顾及大师还有十兵卫的情面，狠狠地骂他一通，不让他再进我们家门。但是清吉之所以会这么冲动，不是为了他个人的恩怨。他是为我们出气，才一时糊涂犯下了大错，我也不能眼睁睁看着我家男人一味地责难他。而且这中间……还有些别的缘故，也是一言难尽，我也有错，所以更不能袖手旁观了。思前想后，只能让清吉出门去走走，过个一年半载的再回来。到时候大家不再议论这件事，我丈夫的心情也好些了，也就容易说合他们师徒二人。暂且让他去京都附近转转吧，盘缠我已经准备好了。请您帮我保管，等清吉醒了，拜托您把这些都转交给他吧。

“我家男人是个暴脾气，无论心里是怎么想的，只要见到清吉，必定会大动肝火，骂他个狗血淋头。到时候无论清吉怎么解释，他都是听不进去的。我一个妇道人家，也没有在一旁插嘴的理儿。但是清吉这回不是为了自己才出头，要是让他落得一个无依无靠的下场，我也不能坐视不管。阿清家里只有一个老母亲，他不在的这段时间，我家男人也会去帮扶她一把。您也知道，我们家那口子也是个通情达理的人，您给清吉说，让他不必挂念家里。另外，今晚我来找过您，还有我给阿清准备盘缠的事儿，请您不要告诉我家男人。”

“我知道了，源太真是娶了个贤惠的老婆呀！你这次来就是为这些事儿对吧？赶紧回去吧回去吧，估计源太已经在路上了，让他撞见了你在我家里，那可就说不清了。”

锐次为人直来直去，这话却说得不假。阿吉连忙拜谢，告辞回家去了。她刚走不久，源太后脚就来了。他果真对清吉说了狠话，宣布断绝两人的师徒关系，不许他再上门。锐次在一边偷笑着，沉默不语，清吉一边哭一边磕头谢罪，恳求师傅饶过他这一回。

那一夜，源太回去之后，锐次把阿吉交代的事情告诉清吉，清吉又大哭了一场，上气不接下气地说：

“我以后做牛做马，哪怕就是变成了一条狗，也绝对不会离开我师傅和师娘的！”

等清吉养好伤，四五天之后，八五郎就把他送走了。他们离开江户到达箱根温泉，清吉从那里沿着东海道[1]出发，去了京都、大阪等地，但是无论走到哪里，他在梦里还是挂念着东都。[2]

三十

十兵卫受伤回家的第二天，还是和往常一样早早就起了床。阿浪看到了赶紧阻止他说：

“这可不行啊，还是躺着歇歇吧！今天早上的风特别凉，你要是沾了风，得了破伤风，那还了得？赶紧躺下去！我去给你把热水端过来，伺候你洗脸漱口。”

阿浪把一口破锅放在简陋的土灶上，烧起水来，听她的口气还是担心不已。十兵卫却淡淡地笑了笑说：

“不用把我当成病人，你给我拧拧手巾就行了，脸我还是自己洗得舒服。”

他把水舀进铁箍已经松了的小洗手盆里，丝毫看不出受过伤的样子，动作和平时没什么两样。阿浪吃惊得说不出话来，呆瓜却若无其事地吃过了早饭，站起身来一把脱掉身上穿

---

①江户时期从京都沿日本东海岸通往江户的驿道。
②这里的东都指江户。

的便服，拿起工作用的细筒裤和围腰开始穿戴起来。

阿浪连忙上前劝阻：

“这可使不得，你这是要上哪儿去？工作就是再重要，你昨天才刚刚受了伤呀。伤口都没长好，还疼着呢吧？大夫可是说了，一定得静养，绝对不可以乱动。虽然不是什么严重的伤，但是在痊愈之前都得小心。你偏偏不听大夫的话，是一定要去感应寺的工地上工不成吗？你也太逞强了，就是去了，也还是干不了活。你不去，还能有人怪你不成？你要是觉得旷工不好意思，那我就去跑一趟，求大师给你放三四天的假，好好养伤。大师慈悲为怀，你又不是不知道，准会叫你在家歇一歇，不要瞎折腾。来，快把这件衣服穿上，在家待着吧。怎么也得安安静静地等伤口愈合了，再说去上工的事儿。”

阿浪一个劲儿地劝着他，把十兵卫脱下来的便服又给他穿了回去。

“别多管闲事，给我穿上围腰，别给我穿这个。”

十兵卫用没受伤的右手把衣服扒下来，坚持要换。

“你快别折腾了，还是在家待着吧。”

阿浪又给他把衣服披上，十兵卫又脱掉。男人倔强得很，女人又心疼丈夫，两个人争来争去，呆瓜终于忍不住发火了：

“你这个女人可真不讲理，还在这里捣乱，让人讨厌。算了，不用你帮我，我自己穿。我可是工头，受了这点儿皮肉伤，就要旷工一天，你让我拿什么服众？你呀你，一点儿也不懂事。人家都说我十兵卫是个笨蛋，其他匠人也看不起我。我在的时候，他们还能照我的吩咐做，背地里都在偷懒耍滑，骂骂咧咧的。我也知道，他们都是表面上装装样子，实际上没有一个人愿意踏踏实实干活。唉，真不像话！我告诫他们别敷衍，要用点儿心，卖力工作。我说的时候大家都恭恭敬敬地点头听着，刚转过脸去就挤鼻弄眼地嘲笑我。要是活儿没干好，被我骂了一顿，他们嘴上道着歉，表情却难看得很，一脸的不服气。我真是一点儿办法也没有了，只能再去讨好他们，结果更加被人看不起。这样的日子过得真是太憋屈了，我的难过和委屈和谁去说呢？大家每天都'工头，工头'的喊得起劲儿，看上去我好像挺威风的，实际上是哑巴吃黄连——有苦说不出。我甚至都觉得呀，让我在别人手底下干点儿钻木头的杂活儿，都比这个舒服多了。就这么磕磕绊绊的，工程终于进展到现在这个样子，要是我今天不去上工，那之前所做的这一切努力就白费了。过去工人们总是会找各种理由偷懒，什么胸口疼要早回家呀，头疼要迟到一会儿呀。要是我自己也因为这些理由不去上工，那还有什么脸去管别人？这样下去，建五重塔的工程就像房檐上滴下来的水，滴滴答答总也完不了。就算是完成了，质量也好不到哪儿去。万一要是盖失败了，让我如何面对大师和源太师傅呢？

“你听好了,如果塔没建起来,即使我还活着,也和死了没什么两样。要是塔建成,我死了,那你的丈夫也能名垂青史。只不过是让两三寸长的斧头砍了一下,就得在家里卧床不起啦?哪有这么矫情!是得了破伤风可怕,还是工程没有如期完成可怕?哪怕是掉了一只胳膊,只要工程还没有完成,就是用轿子抬着,我也得去上工。何况只是受了这点儿小伤,根本没有大碍。”

十兵卫说着话,把阿浪手里的围腰夺了过去,刚想要抬起左手来穿上,却牵动了伤口,突然就疼得皱起眉来。他妻子看了更加心疼,终于不再和他争执了。阿浪把外褂和细筒裤都帮他穿好,动作十分小心,生怕再触动了伤口。看着十兵卫走出家门,她心中真是五味杂陈。

工人们都没想到十兵卫今天还会来上工,磨磨蹭蹭地到了八点多,才来了几个人。他们看到工头已经来了,都大吃一惊。十兵卫笑了笑说:

“大家能这么卖力地工作,我真的很高兴。”

其他人闻言都惭愧不已,背后直冒冷汗。打那以后,他手下的工人们一改往日的懒散做派,开始兢兢业业地工作,加倍努力干活。虽然呆瓜的一只胳膊不好用,工地上却添了很多双仔细做工的手,工程的进度越来越快,等十兵卫肩膀的伤口痊愈的时候,五重塔已经接近竣工了。

三十一

到了第二年一月底，在呆瓜十兵卫的不懈努力之下，感应寺的这座生云塔终于要完工了。随着搭建在塔外侧的脚手架逐渐被拆除，五层巍峨的宝塔一层一层地展露了出来——塔高十六丈，像一尊威武的金刚力士，睥睨着世间一切妖魔鬼怪。五层塔身岿然不动，牢牢地挺立在岩石塔基之上。上至为右卫门，下到寺庙的看门人，大家似乎都忘记了自己曾经瞧不上这个迟钝的呆瓜，纷纷拍手叫好：

“真是一座宏伟壮观的五重塔呀！”

“哎哟，那工艺真是巧夺天工！”

“真是空前绝后，举世无双！”

以元道为首，感应寺的一众僧侣也为这座五重宝塔的即将落成而欢欣雀跃：

“这才是感应寺的五重塔该有的样子哩！真是太高兴了，只有这样的宝塔才能彰显出朗圆大师高尚的修为，管它什么八宗[①]九宗的高僧罗汉，那些都只是些不值得一提的豺狼虎豹，没有哪一个能与咱们的大师相匹敌。大师德高望重，就

---

①指佛教主要的八个派别，一是法性宗，二是法相宗，三是法华宗，四是华严宗，五是禅宗，六是净土宗，七是律宗，八是密宗。

如同狮子王、孔雀王[①]在世。我们所栖身的这座寺庙，还有这座举世罕见的宝塔都是出类拔萃的，虽不敢与奈良、京都的相比，但是绝对胜过了上野、浅草、芝山内的那些个佛塔。在这江户城中就没有哪一座塔能够和我们感应寺的生云塔相媲美。

“这次修建佛塔，全靠大师高瞻远瞩，特意聘用了那个才华一直被埋没、没办法崭露头角的木匠，让他那颗心灵的宝珠有机会在这世间绽放光彩。而十兵卫身为一个优秀的工匠，不畏艰险，百折不挠，尽心尽力报答了大师的知遇之恩，这真是一段功德圆满、可喜可贺的善缘呀。阿弥陀佛，佛祖保佑！这真可谓是天时地利人和，说不定也是诸天善神在暗中相助呢。传说古有达腻伽[②]尊者擅长建造屋舍，不过无论是佛祖在世的时候，还是在如今的汉土[③]，恐怕都没有这样精妙的建筑吧。等到举行落成典礼的时候，我要写一篇偈文，作一首诗歌，满心欢喜地传颂这个千载难逢的奇迹。”

人们纷纷谈论着五重塔，他们语气虔诚，恭谨无私，言语之间流露着一派脉脉的温情。元道和为右卫门两人已经基本

---

①两者都是佛教故事中具有无边法力的神兽。

②相传佛祖释迦牟尼门下有一个能工巧匠，名字叫达腻伽。此人心灵手巧，善于建造屋舍。

③指中国。

商定好了举行落成典礼的日期,按照他们的计划,等到举行落成典礼那天,所有来参观五重塔的人不分贫贱富贵、男女老幼,都能领到寺院发放的赏钱。感应寺除了要重金犒赏十兵卫等建塔的工匠,还要专门请人来奏乐歌舞,供养这座世间罕见的五重高塔。

可惜天意难测,落成典礼的准备工作正在紧张地进行时,这一天,一向悠扬的晚钟有些不同寻常,声调格外尖锐刺耳。空中邪风四起,温度异常闷热,连睡梦中的孩子也在不知不觉中蹬掉了被子。防雨板被大风吹得咔咔作响,嘈杂声越来越大。松柏的树梢被黑暗笼罩,天空中乌云密布,一群恶鬼从天而降——乘着狂岚,夜叉[1]王率领着众夜叉咆哮着奔向人间:

“我们专门打乱人心的平静,让沉溺于荣华富贵的纨绔子弟吓破了胆,无法安眠;让碌碌无为的无知蠢材心惊胆战;让虚情假意的无耻妄人脸色苍白。手拿斧头的同胞呀,挥动你们的斧头;手拿长矛的同胞呀,刺出你们的长矛!你们手中的利刃已经饥渴了太久,让它们好好享受一顿人间的珍馐吧!哎呀呀呀,人类的血肉极其美味,快让你们的刀和剑都去饱餐一顿吧!”

随着夜叉王一声令下,狂风震撼着苍穹,无数夜叉手持斧

①佛经里一种形象丑恶的鬼,行动迅速,勇健暴恶,嗜好吃人。

头和长矛,擎着嗜血的利剑,一齐降临到人间。

三十二

暴风将至,四里见方的江户城中,熟睡的男女老少都被惊醒了,惊恐地骚动起来。人们纷纷把窗户上的防雨板关紧锁牢,用顶门闩紧紧顶住大门。江户城中的家家户户此刻都是手忙脚乱,狼狈不堪。天空中的夜叉王丝毫没有怜悯这些仓皇的世人,继续发出狂暴的怒号声:

“你们不要害怕那些凡人,该害怕的是他们才对!他们小看我们,觉得我们轻贱卑微,已经很久不来献上咱们应得的祭品啦。凡人就像是狗不在地上爬,反倒是站起来用两条腿行走;飞禽享用着奢侈巢穴;猴子没有尾巴;蛇的嘴里说出了人话;狐狸崽子阴险狡诈;母猪在污秽里打滚。我们本该得到尊崇,却总是被他们欺侮,如今是忍无可忍啦!凡人张扬跋扈的日子也快到头了!距离我们上次暴虐世间,六十四年的时光过去啦。终于用神力打碎了命运枷锁的束缚,捣毁了那座囚禁我们自由的隐忍岩窟。

“你们尽情地破坏吧!把这几十年来对凡人的恨意和怨气都发泄到人间,将散发着傲慢臭气的世人扔到铁围山[①]之

①佛教中所说的四天下之外,即世界的边缘。

外。把他们的头按在地上，让他们的脖子好好品尝一下无情之斧的利刃；用残酷的长矛和复仇的利剑收割他们的性命吧；将冰块塞进他们的喉咙，让他们在酷寒中瑟瑟发抖；把针插在他们的肝胆上，让他们承受隐秘的痛苦；在他们面前杀掉他们的亲生骨肉，毁掉他们的财宝珍玩，将哀号化为灰烬的长河，埋葬他们玩物丧志的卑鄙欲念。他们掠夺蚕的茧，你们就要夺走他们的房舍；他们嘲笑蚕的智慧，你们却要去赞扬他们的智慧——赞扬他们自以为精妙的学识，赞扬他们自以为广博的心胸，赞扬他们自认为美好的感情，赞扬他们自认为能协调万物的公理，赞扬他们自诩为刚强的力量。

“这些都是我们的长矛、利剑和斧头的食饵，尽情地赞扬吧！用这些来做我们兵器的盛宴，还要记得去尽情嘲笑那些凡人，为我们提供了这么好的食饵。你们尽情地凌虐他们吧。切记！不要马上把他们杀死，而是要一个一个地剥开他们的皮，剐下他们的肉，把他们的心脏当皮球踢，用荆棘抽打他们的后背；将他们的叹息声、哭泣声、心跳声、悲鸣声全都夺走吧，除了残忍之外不给他们任何的快乐。如果你们心慈手软，很快就会消失得干干净净啦。快去！尽情地破坏吧！向前冲啊！不要有所顾忌，放开手脚去破坏吧！去吧去吧，神挡杀神，佛挡杀佛！只要破坏了世间一切的秩序，这天下就是属于我们的啦！”

从半夜一点到五点，夜叉王的每一声怒吼都会掀起一阵土石翻飞。一直到早上七八点，狂风丝毫没有一点儿要停歇的意思。数以万计的夜叉反而像是越战越勇：有的涉水而来，激起波涛滚滚；有的奔跑而来，卷起飞沙走石。天地被一片昏黄的颜色所笼罩，沙尘飞舞，遮天蔽日。夜叉们有的抡起斧头，冷笑着将文人雅士精心修建的松树劈倒；有的挥舞长矛，瞬间就在房顶上扎了一个窟窿；有的一身怪力，摇晃着坚固的房屋和桥梁。

“不行不行，你们还是在手下留情，不够凶残呀！都跟我来！”

夜叉王咬牙切齿地蹦了起来，焦躁地在空中盘旋怒吼着。空中的夜叉们也发出尖锐的嘶鸣应和着他，更加肆无忌惮地胡作非为起来。神社、寺庙和豪门府邸院子里的树木发出声嘶力竭的哀号声，就像是大地的寒毛一样因为恐惧而一根一根地竖了起来。柳树被吹倒了，竹子被折断撕裂了，天空中电闪雷鸣，比橡子还大的雨点噼里啪啦地掉了下来。

夜叉王越发得意了——他拽倒了院墙，又一脚踢倒围栏；破坏了大门，又把房檐上的瓦片砸得粉碎。他一挥手，房屋就像积木一样飞到半空中；他捏两下，房子的二层就塌了下来；捏三下，某间寺庙就全部倒塌了下去。夜叉们每一次爆发出呐喊嚎叫，地上的人们就会心惊胆寒，吓得六神无主，流离失所的灾民们更是难掩悲伤。夜叉王注视着他们可怜巴巴的样子，高兴坏了。夜叉们更加得寸进尺，在江户城中大肆破坏着。整个城中的八百零八町、一百万居民都吓得魂飞魄散，面如土灰。

这些人中最战战兢兢的莫过于元道和为右卫门两个人了。好不容易才建起来的五重塔在暴风中被蹂躏着，相轮吱吱嘎嘎，摇摇欲坠，塔顶端的宝珠在空中接连划出一道又一道轨迹，像是在书写读不懂的文字。每当暴风袭来，地上的岩石都快要被撼动了；雨滴来势汹汹，几乎能够击穿结实的盾牌。五重塔在风雨中不断弯曲变形，木头发出咯吱咯吱的声音，一阵风雨过后又恢复了原状。等到下一次侵袭到来，又再次弯曲，嘎嘎作响，似乎马上就要倒下去了。

“哎呀呀，这也太危险了吧！要是塌了可如何是好？没有什么补救的办法吗？现在又下起暴雨来了，五重塔旁边又没有什么树木，这狂风暴雨的，塔基那么窄，塔身又那么高，怕是要撑不住了。连大殿都晃动起来了，五重塔肯定挺不过去！有没有什么可以让大风停下来的咒语啊？暴风雨这么大，源太怎么也不来看看呢？还有那个新来的十兵卫，也不见他露面，难道是躲着偷懒吗？咱们都急得不行了，他作为设计修建五重塔的人，反倒是一点儿也不关心呀！哎呀哎呀，太吓人了，刚刚塔又弯了！你们几个，谁去吧十兵卫叫来吧！”

此时狂风卷着天上的瓦片、木板四处横飞，地上的土石、沙砾也被扬到半空中，没有一个人愿意去叫十兵卫。最后出了一大笔赏钱，才让在感应寺打扫卫生的七藏老爷子答应跑一趟。

三十三

七藏老爷子用一块消防头巾[①]把头严严实实地包起来，为了遮雨，还把竹篾斗笠罩在了上面。雨披用绳子紧紧系在腰间，手里拄着一根长度顺手的拐杖，在暴风雨中颤颤巍巍地从感应寺里跑了出去。他花了好大力气才走到了十兵卫家，慌慌张张地钻进门去。十兵卫的家里此时也是一幅无比凄惨的景象——一半的屋顶已经被暴风掀掉了，一家三口可怜兮兮地蹲在墙角，头上顶着一块旧席子，遮挡着从天花板上落下来的雨水。

老爷子心想，这个呆瓜还真是个不动脑子的蠢男人。于是上前招呼道：

“工头大人，这么大的暴风雨，您在这儿待着可不成啊。瓦片到处飞，树都倒了，外面就像打仗一样乱哄哄的，您没想想您盖的五重塔怎么样了？塔那么高，周围没遮没挡的，塔基

---

①将多层棉布缝在一起做成的硬头巾，与下文的消防服一样，都是江户时期平民惯用的防火装备。

又那么窄,无论哪个方向吹过来的风,都能把塔吹得摇摇晃晃的。刚才我看见那塔就像一根旗杆一样,弯得可厉害了,木材咯吱咯吱的声音也大得吓人呢。元道大人和为右卫门大人生怕它会倒了、塌了,胆战心惊的,担心得不行。其实原本也用不着我来这里接您,但是您也真是沉得住气,这么恶劣的天气,还能像没事儿人一样待在家里。拜您所赐,我一把老骨头了,还得顶着风雨来办这个要命的差事。

“您看看我头上这个刚鼓起来的大包,刚才斗笠被吹掉了,身上全都淋湿了。偏偏这时候,一块木头飞过来,正砸在我额头上,唉,真是倒霉呀。

“您跟我一起回去吧,为右卫门大人和元道大人让我带上您,一起回寺里去。啊呀,真是吓人,防雨板都刮跑啦。再这么下去五重塔肯定撑不住了,说不定咱们说话这会儿,塔已经倒了呢。您别再磨磨蹭蹭了,快点儿跟我一起走吧!赶紧,赶紧!”

听说他们要出门,十兵卫的妻子阿浪难免担忧,怯生生地说:

“要是非要出门,路上可要多加小心。我去给你拿上消防头巾,你戴上吧。虽然已经破了,但是总比没有的好,不知道会飞过来什么东西,被砸到了就麻烦了。别管好看不好看了,还是安全最重要。还有一件消防服,尽管破得很厉害啦,你还是套上再走吧。”

她说着话就要去开橱柜，十兵卫一脸不悦，盯着她说：

“别瞎折腾了，我哪儿也不去。刮个风而已，根本就用不着担心。七藏大人，真是辛苦您了，不过请不要担忧，塔倒不了。五重塔没有那么弱不禁风，它可不是这一点儿暴风就能吹倒的，也不是这点儿雨就能浇塌的。请您传个话给元道大人和为右卫门大人，我十兵卫向他们保证，五重塔不会有问题。”

十兵卫镇定自若，坐在那里纹丝不动。

七藏闻言绷起了脸，开始不耐烦地催促他：

“无论如何，请您和我一起回去，回去看一眼就行。那座五重塔晃晃悠悠颤颤巍巍的样子，您在这里根本就瞅不见，所以才能说出这种大话来。要是您看见那塔晃得像庙里逢年过节竖的旗杆一样，十兵卫大人，无论您的心有多宽，也会被吓掉了魂儿的。您躲在这里逞什么强呢？快点儿快点儿，跟我一起回去！又起风了，这风真是了不得，眼看着是停不下来了。现在元道大人和为右卫门大人准得像热锅上的蚂蚁一样，急得团团转了。赶紧听你老婆的，把头巾戴上，把消防服穿上，跟我回去吧！”

“五重塔肯定不会有事，请您安心地回去吧。”

十兵卫还是一动也不动。

“您说让我安心,哪有那么容易!”

七藏还是絮絮叨叨地抱怨着。

“不会有事的。”

十兵卫也依然重复着这一句话。七藏气急了,语气也粗鲁了起来:

“叫你去,你就得去! 这话可不是我说的,是元道大人和为右卫门大人吩咐的!”

十兵卫闻言也勃然大怒:

“我十兵卫不是受元道和为右卫门两个人的委托盖的这座五重塔! 朗圆大师不会因为刮了点儿风、下了点儿雨就叫我十兵卫过去,大师他绝不会做这样幼稚可笑的事情。要是大师真的说:这塔危险了,快去叫十兵卫来。那我肯定义不容辞,把这事儿当成我人生最重要的事情来对待,就是鬼门关我也要闯一闯,拼上这条命也会赶过去的。不过现在,朗圆大师对我干的工程质量并没有半点儿怀疑,反而是一些闲人在那里杞人忧天,他们说什么和我有什么相干? 盖这座塔的时候,材料和工艺方面没有一丁点儿偷工减料,无论是天气晴朗也好,下雨刮风也罢,我都心安理得。五重塔坚固得很,无论是暴风雨还是地震,都不能把它怎么样。请您回去转告元道禅师吧。”

十兵卫的口气十分生硬。七藏无计可施,只能冒着风雨又跑回感应寺，向元道和为右卫门汇报。

元道听完他的转述，把他大骂了一顿：

“你这个不会变通的蠢货，当时为什么不说是大师让他来的呢？你看看那塔摇晃得这么厉害，都要撑不住啦！连你也被那个呆瓜传染了，怎么这么呆呢？不行，你还得再去一趟，这次就说是大师叫他，别管他说什么，你都得把他带回来！”

七藏没办法，只能骂骂咧咧地再次走出了寺门。

三十四

“十兵卫，这回你非去不可了！不要再推三阻四了，是大师叫你过去！”

七藏老爷子站在门口大呼小叫，十兵卫听了，站起身说：

“什么？大师叫我？七藏大人，这是真的吗？唉，真是太丢脸了！无论风有多大，就连我发自内心敬重的大师，都觉得十兵卫使出浑身解数盖出的五重塔，原来是那么的不堪一击吗？太伤心了。大师待我如此宽厚慈悲，我把他视作这世上唯一的神，唯一的活佛！可是连大师都怀疑我的手艺，这个世间还有什么值得留恋的呢？我十兵卫再苟且偷生下去，也没什么意义了。

“机缘巧合之下，能得到举世无双的得道高僧垂怜赏识，我一直认为这是我一生中最荣耀的事。但是如今看来,这不过是南柯一梦,一场空欢喜而已。区区一场暴风雨,就让大家怀疑我精心建造的五重塔会不会倒塌,真是太让人窝火了,好想大哭一场啊!我是那样没心没肺的人吗?是那样不知廉耻的人吗?我要是真的干出了一个风一吹就倒的工程,丢人现眼,被人家指指点点的,怎么可能厚着脸皮再活下去呢?如果塔真的塌了,那让我拿什么脸去见人呐。唉,气死我了,真的气死我了。阿浪,难道我是个如此不值得信任的人吗?

“这条命不要了也罢,我已经活够了!既然十兵卫已经被这个世界嫌弃,那再活下去也是一种耻辱,是活受罪!啊,暴风雨啊,让风刮得更猛一些,让雨下得更大一些吧!干脆把这五重塔彻底摧毁了吧,或者哪怕造成一点点的损伤也好。无论是天上刮着的狂风还是落在地上的暴雨,都不如这人世间的人心更冷漠。五重塔要是真的受损了、倒了、塌了,那我不仅不会怨恨天地,反而还会感到高兴呢!

“哪怕五重塔被掀掉了一块板子,掉落了一根钉子,那我对这个人世就没有任何留恋了,一定要以死谢罪。如果那样的话,十兵卫这个蠢货也不会因为自己的手艺不精而遭人白眼了,人们会说:原来他并不是一个苟且偷生的卑劣的男人,他还懂得廉耻,为自己的过失感到内疚,值得后人凭吊。人生在世,谁都免不了一死,关键是要死得其所。既然如此,那我就待在我亲手建的佛塔上吧，一步也不离开。如果塔被毁坏了，那我就直接从塔顶上跳下去。虽然会玷污了这座清净的佛家寺院，但是我这五尺的皮囊即使摔得面目全非，也不是肮脏之物。顶天立地的男儿只要心性纯粹，流的血也是干干净净的，请佛祖明鉴吧！”

十兵卫怅然若失地走在暴风雨里，恍惚之间和七藏走散了。等他回过神来抬头一看，啊啊，这，这不就是五重塔嘛！

登上塔的第五层，推开门，十兵卫直接把半个身体探出塔外。雨点像碎石头一样砸在他的脸上，他连眼睛都睁不开，仅存的另外一只耳朵也快要被狂风刮掉了。他在暴风雨中喘不上气来，不由自主地向后退了一步。

不过他没有气馁，片刻之后又重新振作精神，站了出来，两只手抓住栏杆，用睥睨天地的架势望着比五月梅雨季还要昏暗的天幕。宇宙之间只剩下雷鸣般的风声，掀起阵阵狂岚。五重塔再怎么坚固，也是高耸在半空之中的木建筑，暴风袭来的时候来回晃动，恰似一只在巨浪中翻滚的小船，好像马上就要倾覆了。尽管十兵卫已经有了慨然赴死的觉悟，但是在这种场景下，他还是默默在心中念叨着：

“性命攸关的时刻到了！”

他将全身八万四千根寒毛竖起来，咬紧牙关，双目铜铃般圆睁，注视着前方，忘我地攥紧了那把临走时拿在手里以备不时之需的六分凿子,静静等待着自己的命运降临。不知道他站在塔顶的时候,有没有看到一个形迹可疑的男人,顶着风雨在五重塔附近转了好几遭。恐怕那个人也并不知道,此时修建五重塔的十兵卫正站在塔顶上。

三十五

“上次那场暴风雨,可真是我有生以来见过的最猛烈的一次啦。”

平时一碰到什么事儿,那些年纪大一点儿的老人就会搬出二三十年前的陈年旧事,形容得活灵活现,而对眼前刚刚发生的事情却置若罔闻。但是这一次,数十年不遇的暴风雨让他们心服口服了。

还有那些没大没小的年轻人,把天地发生的异变当作谈资,幸灾乐祸地耍着嘴皮子,什么哪里的瞭望塔[①]被毁了呀;哪家店铺的二层被刮跑了呀;剧场老板谁谁谁唯利是图、活该遭报应;还有某条街上有点讨人嫌的插花师傅家后来增建的小屋也倒了;那座江户城里数一数二的寺庙,说塌就塌了,也是有缘由的——信众们虽然捐了不少钱财,但是管事的僧人却中饱私囊,承包工程的工头又偷工减料,怎么可能不出事情

①江户时代为了防范火灾,在很多街道设有瞭望塔观测火情。

呢！就连大殿里的立柱，说不定都是用大木桶摞起来对付上去的云云。

大家你一言我一语，说得不亦乐乎，只有感应寺的生云塔一根钉子都没掉，一块木板也没松动，众人一提起来都要啧啧称赞一番：

“哎呀，那个叫十兵卫的木匠师傅真是了不起，听说他是抱着和佛塔同生共死的信念，嘴里衔着凿子，站在十六丈高的塔顶，都准备纵身往下跳了。他就像这样站在栏杆上，藐视着狂风暴雨，塔上晃得那么厉害，他也站得稳稳的。就凭他这种信念，塔也不会倒。被他用那双血红的眼睛一瞪，想必天上的风神也要退缩了吧。都说他是左甚五郎[①]之后最杰出的工匠哩！无论是浅草还是芝的寺庙都被损毁了一部分，可是他造的那座五重塔连一分一毫都没有损伤变形，到底是怎么做到的呢？对了，说起这个，还有个有趣的故事呐。十兵卫的师傅也真是个值得敬佩的汉子，如果塔真出了什么事儿，他就准备把十兵卫痛斥一顿：‘你有什么脸面活在这个世上？这可是工匠最大的耻辱。’让他惭愧到再也没有勇气拿起铁锤和斧头呢！这就像武士被逼到绝境，只能剖腹自尽是一样的呀。听说师傅当时就在五重塔下面，一圈又一圈地转悠着哩。”

---

①左甚五郎，江户时代的传奇建筑师、雕塑家。

这时候,另一个人纠正道:

“不是不是,那个人可不是他的师傅,好像是一直和他明争暗斗的同行呐。”

突如其来的暴风雨耽误了原本的落成典礼,在竣工仪式结束的那天,大师特意把源太也叫来了,带着他和十兵卫一起上到了塔顶。大师心里早有计较,让小和尚呈上了事先准备的笔墨,提起笔来蘸满墨汁,对二人说:

“我要为这座塔提个字,十兵卫,源太,你俩好好看着。”

江都居民十兵卫建造此塔,川越源太协同完成。某年某月某日。

大师字迹苍劲,他提完字之后,回头满脸笑容地看着两人。两个人都默默无言,俯身叩拜。从此以后,这座宝塔耸立在天地之间,从塔的西边望去,月色从屋檐之上升起;由塔的东方远眺,夕阳从阑干之下西沉。到如今已经百年有余,这段传奇还依然留存于世间。